QUATRIÈME

CONVERSATION

ENTRE

LE GOBE-MOUCHE TANT PIS,

ET

LE GOBE-MOUCHE TANT MIEUX.

PRIX : 1 FR. 50 CENT.

A PARIS,

Chez {
EYMERY, Libraire, rue Mazarine, n°. 30 ;
DELAUNAY, } au Palais-Royal,
LAURENT-BEAUPRÉ, } Galerie de Bois.

DÉCEMBRE 1815.

DE L'IMPRIMERIE DE PORTHMANN,
RUE Ste.-ANNE, N°. 43,
VIS-A-VIS LA RUE VILLEDOT.

Nota. — Les trois premières Conversations se trouvent chez les mêmes Libraires, au même prix que celle-ci.

AVIS DE L'ÉDITEUR.

Un des interlocuteurs étant parti pour un voyage de plusieurs années, cette Conversation sera la dernière dont je pourrai faire part au Public.

ATHANASE FÉTU,

QUATRIEME

CONVERSATION

ENTRE

LE GOBE-MOUCHE TANT PIS,

ET

LE GOBE-MOUCHE TANT MIEUX.

TANT MIEUX. Vous voilà donc de retour de vos vignes ? *TANT PIS.* Oui; de mes vignes sans raisins, grâce à nos bons amis! *T. M.* Que voulez-vous ? Ces braves gens n'en ont pas beaucoup chez eux; ils profitent d'une occasion qui, selon toute apparence, ne reviendra plus. *T. P.* Ah! parbleu, je l'espère bien. Les voilà qui s'en vont, Dieu merci, et il ne nous en reste plus que 150,000 environ, que vous prétendez être nécessaires pour maintenir l'ordre. *T. M.* Je le prétends encore davantage, depuis

A *

que dans un chef-lieu de département peu éloigné de Paris, les Bavarois en étant partis le 51 octobre, dès le lendemain, les Bonapartistes se sont permis des voies de fait et des actes de rebellion. *T. P.* Ma foi, il est bien dur d'avoir besoin de ces gens-là; car ils ne nous donnent pas leurs services pour rien. *T. M.* J'en conviens; on mettra fin à tous ces mouvemens, en investissant les préfets d'un grand pouvoir et de grands moyens, et en les rendant responsables de tous les désordres qui arriveront dans leur département. L'administrateur qui a la force en main est toujours coupable quand il ne s'en sert pas : il faut de plus des sous-préfets actifs, bien prononcés, qui sachent monter à cheval dans l'occasion, qui soient, en un mot, autant militaires qu'administrateurs, et tout ira.

T. P. Ce que nous coûte le séjour de ces armées étrangères est incalculable. *T. M.* Oui ; mais si nous songeons de quel fléau elles nous ont délivrés, nous prendrons patience. *T. P.* La France n'en sera pas quitte pour trois milliards. *T. M.* Une remarque précieuse que l'histoire fera sans doute, c'est que les attentats de la France contre toute l'Europe, ces attentats si cruellement expiés, ne l'ont été que depuis le retour des Français à leur Souverain légitime, à la justice et à la raison. Quant aux trois milliards que la France a payés ou payera, selon vous, cela peut être ; car, indépendamment des sommes connues, comme les 700 millions du traité de paix, etc., ce qu'il a fallu fournir aux troupes logées et nourries dans toutes les parties du royaume, est hors de toute probabilité : les soldats ont souvent coûté *cinq francs* par jour, et les officiers à proportion, sans parler des dégâts, du gaspillage. *T. P.* Cinq francs par jour pour un soldat, c'est un peu cher. *T. M.* Quand on n'a que la peine de demander pour être assuré d'obtenir, on devient facilement exigeant. *T. P.* Tous les Français ont dû bénir le jour de la disparition de ces Messieurs ? *T. M.* Excepté les restaurateurs et les filles, qui voudraient voir à perpétuité cent mille étrangers dans Paris ; car je pense bien que vous n'avez pas une grande foi au patriotisme de ces deux classes. *T. P.* Les Anglais sont devenus économes ; ils ne jettent plus leur argent par les fenêtres, comme autrefois. *T. M.* Ils sont plus qu'économes ; car ils offrent généreusement cent écus de tableaux qui en valent deux mille. Ils spéculent sur notre misère ; et, selon l'usage de tous les temps, le plus pauvre est toujours celui qui fait les mauvais marchés.

T. P. J'ai entendu beaucoup de gens se plaindre amèrement de l'arbitraire qui a régné dans la répartition des taxes pour l'emprunt de cent millions. *T. M.* C'est avec raison; il n'y a aucune proportion entre les taxes des citoyens et leur fortune : de plus, comme il n'existe aucun registre de la quotité fixée pour chacun, personne ne connaît que sa contribution personnelle. Rien n'apprendra si la totalité des taxes s'élève à cent millions, somme demandée, ou à deux cents. Il faudrait un état public et nominatif de tous les imposés, qui permît de vérifier si cet emprunt n'excède pas la somme annoncée. C'est ce que l'administration n'a pas songé à faire, et ce qu'aucun des administrés n'a songé à demander. *T. P.* Vous avez raison. *T. M.* Cet abus a eu lieu bien des fois à Paris dans des occasions pareilles : cette ignorance où on laisse volontairement les imposés, doit leur déplaire, parce qu'ils sont en droit d'accuser d'infidélité et de mesures arbitraires, des hommes qui ne doivent jamais être même soupçonnés. Cette conduite de l'administration contribue peut-être pour beaucoup à la lenteur que mettent à se libérer les citoyens les plus riches, et c'est un grand mal. Pour que le gouvernement nous paie, il faut satisfaire aux taxes imposées; il ne peut payer qu'avec ce que nous lui donnons. *T. P.* On a trouvé que le *maximum* avait été fixé beaucoup trop bas à 16,500 fr. *T. M.* On a eu raison ; mais vous ignorez pourquoi il ne s'est pas élevé plus haut. *T. P.* Oui. *T. M.* Le voici : un très-grand seigneur sous Bonaparte, qui a perdu ses places et conservé ses écus (dont il a beaucoup), se trouve avoir un grand crédit sur ceux qui ont établi les taxes : il leur a fait observer que si elles suivaient la progression des fortunes, il payerait une somme énorme ; qu'il fallait absolument établir un *maximum*, au-delà duquel personne ne pût être imposé ; *les taxateurs*, peut-être intéressés personnellement à adopter cette mesure, se sont rendus à l'observation, et de cette affaire-là, celui qui a 60,000 livres de rente et celui qui en a 600,000 payent également. *T. P.* Mais cela n'est pas juste. *T. M.* Superbe réflexion ! Vous a-t-elle coûté beaucoup ? Bonhomme que vous êtes ; est-ce qu'on pense à ce qui est juste ou à ce qui ne l'est pas ? *T. P.* Le gouvernement devrait intervenir. *T. M.* Le gouvernement s'en occupe bien : il demande 100 millions ; que ce soit Pierre, Paul ou Jacques qui les paient, pourvu qu'il les reçoive, le reste lui est indifférent. *T. P.* Pourquoi ne s'être pas plaint *T. M.* A qui ? *T. M.* Je n'en sais rien ; mais si cela me regardait, je le saurais. *T. P.* Vous sauriez aussi que par un abus de tous les temps et de tous les régimes, les plaintes de ce genre sont toujours renvoyées à ceux-même dont on se plaint : ainsi quelle justice pouvez vous attendre ? Vous êtes jugé par votre partie adverse ; cela dit tout. *T. P.* Il faut donc prendre son parti et plier les épaules. *T. M.* C'est ce qu'on fait. *T. P.* Cependant ceci n'est qu'un emprunt et non un impôt. *T. M.* Soit ; mais ce n'est pas la même chose de prêter 16,500 liv. ou 200,000. Avec nos bons aïeux, tout se faisait *par compère et par commère :* avec nous, tout se fait ainsi, et il en sera de même avec nos neveux.

T. P. Dans le nombre de ceux qui ne se plaignent pas du séjour des alliés à Paris, vous avez oublié quelqu'un. *T. M.* Qui donc ? *T. P.* Le fermier des jeux. *T. M.* Ah ! c'est juste. *T. P. Je me suis laissé dire* que c'était un ancien cordonnier de Marseille, qui avait figuré dans le trop fameux bataillon du 10 août. *T. M.* C'est la vérité, et ses subalternes ne valent pas mieux que lui : dans le commencement, il n'était qu'un prête-nom, quoiqu'il ait démenti ce bruit dans je ne sais quel journal. Par le plus criant et le plus ré voltant de tous les abus, le véritable fermier des jeux était un ministre qui recevait chez lui, à bras ouverts, toute cette canaille. C'était derrière un *pareil chef de file* que se cachait, pour voler plus à son son aise, l'homme de confiance, le bras droit de votre bon ami. *T. P.* Mais il me semble qu'en 1814, il fut nommé une commission pour examiner si la ferme des jeux serait maintenue. *T. M.* Oui vraiment, une commission composée de personnages très-marquans et très-recommandables, qui, après un mûr examen, décidèrent que le bail devait être maintenu; que c'était un engagement sacré que le gouvernement avait contracté, et qu'on devait observer religieusement. *T. P.* L'imn\oralité révoltante, les abus crians de cet établissement, ne frappèrent pas les commissaires? *T. M.* Il y a tant de manières différentes de présenter les choses, que sans doute on en aura pris une qui les déguisait ou les atténuait. Et puis ne connaissez-vous pas cette anecdote du maréchal de Villars, à qui un fournisseur accusé de vols, de concussions, et menacé de la potence, répondit froidement : *Qu'on ne pendait pas un homme qui pouvait disposer de cent mille écus.* Le maréchal ajoutait naïvement, en racontant cette histoire : *Je ne sais*

*pas comment la chose se fit, mais il ne fut
pas pendu.* T. P. Voilà donc ce fermier, quoique taré, écrasé sous le poids des accusations
les plus révoltantes, qu'il n'a pas osé repousser,
plus affermi que jamais. T. M. Oui : il habite
la chancellerie du duc d'Orléans, a des valets
couverts de galons, donne des repas à six ou
sept services, affiche un luxe scandaleux : mais
pour se mettre à couvert des événemens, il a
pris un prête-nom, un homme de paille, sur
qui tout a l'air de rouler, comme le bail des
fermes sur Nicolas Salzard ou tel autre. Ainsi
caché *derrière son pouce*, il semble n'être plus
rien. Ce bel arrangement s'est fait peu de jours
avant le renvoi du duc d'Otrante. La protection sans bornes dont jouit un pareil person-
nage, est encore un effet des lumières du siècle ;
car vous n'avez pas oublié que nous sommes la
nation la plus éclairée qui existe. T. P. Oh !
pour cet article-là, je suis de votre avis en
tout : ces jeux me révoltent ; ils sont journellement la cause de suicides. T. M. Mais ils rap-
portent de l'argent au gouvernement, *et à
d'autres.* T. P. Quelle source impure ! T. M.
Souvenez-vous de l'impôt mis par Vespasien,
sur ce que je ne veux pas vous nommer : l'argent
qui en provenait ne sentait pas mauvais. T. P.

Vous trouvez partout le mot pour rire. *T. M.* Lorsqu'on ne peut pas empêcher le mal, il faut en rire, ne fût-ce que de pitié.

T. P. Il y a une voie de fait que je ne pardonnerai jamais aux alliés : c'est l'enlèvement de presque tous les monumens des arts qui étaient au Musée. *T. M.* Vous aviez bien pardonné à Bonaparte de les avoir enlevés en Allemagne, en Hollande, en Italie, etc. Je ne vois pas que les alliés soient plus coupables d'avoir repris ce qui leur appartenait. Vous gémissez, avec tous les bons badauds de Paris, du départ de ces chefs-d'œuvre, que peut-être vous n'aviez pas été voir depuis qu'ils étaient ici ; ou, si vous les avez vus, ç'a été comme vous auriez vu des *croûtes* bien vernies et richement encadrées : car je crois que, comme tant d'autres, vous n'y connaissez rien. *T. P.* Quand cela serait, cette collection, au-dessus de toutes celles qui existent, nous aurait amené les élèves en peinture et en sculpture qui se rendaient autrefois à Rome ; Paris serait devenu la capitale des beaux arts. *T. M.* Je ne suis pas étonné que vous adoptiez une erreur commune à tant de raisonneurs du jour. Lorsqu'on transporta ici les monumens des arts conquis à Rome par nos glorieuses victoires sur les armées du Saint-

Père, les artistes les plus distingués démontrèrent que cette translation serait funeste à l'art; que toutes ces richesses étaient bien mieux placées à Rome qu'à Paris. *T. P.* Pourquoi cela ? *T. M.* Parce que le tourbillon, les plaisirs de Paris ne permettent pas à un jeune homme de se livrer exclusivement à son goût, et au genre d'étude qu'il a choisi. Arrivé en France avec d'heureuses dispositions, et le projet formel de les cultiver, il est bientôt entraîné par des distractions de toute espèce, et il perd en peu de temps le goût de son art, et ce qu'il en savait déjà. A Rome, au contraire, l'élève n'est séduit ni distrait par rien ; il étudie, parce qu'il lui est impossible de faire autre chose. Son amour pour le genre qu'il a embrassé se fortifie tous les jours, et des progrès rapides le récompensent de son zèle et de son assiduité. Ainsi, sous le rapport de l'art, c'est un bien que ces chefs-d'œuvre, qui ont enrichi la capitale pendant quelques années, soient restitués à leurs anciens maîtres, et c'est de plus une justice.

T. P. Vous oubliez l'honneur national qui est étrangement blessé par ce dépouillement presque général. *T. M.* Nous y voici ; l'honneur national ! Vous croyez donc qu'il existe encore en France ? *T. P.* Sans doute, et il n'a jamais cessé d'exister. *T. M.* Il a donc dormi pendant bien des années : un peuple qui a rampé sans interruption, tantôt sous Robespierre, tantôt sous le Directoire, tantôt sous Bonaparte, a renoncé à tout honneur national : et lorsque ce même peuple rendu à son maître légitime, présente encore, et dans toutes les classes, pendant plusieurs mois, des rebelles, des partisans du plus vil des tyrans, il est loin de l'avoir recouvré. Ce n'est pas dans la conservation de quelques monumens que consiste cet honneur ; les alliés savent à quoi s'en tenir là-dessus. Je regarde comme un des plus grands malheurs produits par leur séjour en France, l'obligation où nous avons été de nous montrer à nu à tous ces gens-là. Vous savez le proverbe : *Qu'il n'y a point de héros aux yeux de son valet-de-chambre ;* et ceux qui ne sont héros nulle part, que sont-ils en *déshabillé ? T. P.* Qu'auront-ils vu de si fâcheux ? *T. M.* Nos dissentions, nos querelles, notre esprit de parti, les insultes journalières dirigées contre le Roi et les Princes, l'insouciance, l'apathie, l'égoïsme des Parisiens qui consentiraient à revoir Robespierre, si sa présence mettait le pain à dix sols ; les honteux regrets pour un tyran exécrable, l'indiscipline, la rebellion de l'armée, les vœux insensés et féroces de ceux qui appellent sur leur patrie une guerre sans fin, à qui la destruction de deux générations est indifférente, pourvu qu'ils obtiennent des grades et qu'ils continuent de piller. Voilà ce que voyent les alliés. Pensez-vous qu'il y ait là une *surabondance* d'honneur national? *T. P.* Mais aussi vous leur faites voir des choses qu'ils ne voyent pas. *T. M.* Je vous défie de me nier l'existence de tout ce que je viens de vous dire.

Comme tout le monde, vous n'êtes pas content du traité de paix; mais un traité de paix, dicté par la force, peut-il être favorable à la nation vaincue, subjuguée par des armées innombrables, et n'ayant elle-même pas un soldat? D'ailleurs avez-vous pu espérer que l'Angleterre laisserait échapper une occasion qui ne reviendra pas de dix siècles, d'humilier, d'affaiblir une puissance rivale, la seule qu'elle puisse redouter au monde? Cette nation a un but qu'elle ne perd jamais de vue; c'est la prospérité de son commerce, qui entraîne la nullité ou au moins atténue beaucoup l'importance de celui des autres pays. *T. P.* Ce n'en est pas moins très-dur. *T. M.* Sans l'Empereur Alexandre, nous aurions été traités bien plus sévèrement. *T. P.* C'était difficile. *T. M.* Quelle difficulté y avait-il de nous imposer à plusieurs centaines

de millions de plus, comme on voulait le faire?
de démembrer la France en donnant à l'Autri-
che l'Alsace et la Lorraine, que cette puissance
alliée convoitait vivement? *T. P.* Ah! c'est différent; si Alexandre nous a sauvés de cette aug-
mentation de taxes, et de la cession de deux
provinces, nous lui avons de grandes obligations. *T. M.* Il est le seul Souverain qui se soit
montré toujours et en tout, grand, noble et généreux; il s'est acquis une gloire immortelle, et
il en jouit déjà. *T. P.* En effet, les autres puissances ont un peu trop travaillé pour elles.
T. M. Elles ont trop profité de leurs avantages,
et nous ont trop fait sentir ce que nous leur devions. *T. P.* Aussi, leur conduite en France ne
leur en a-t-elle pas concilié les habitans; et si
jamais la politique veut que nous ayions la
guerre avec eux, l'animosité sera extrême de part
et d'autre. *T. M.* Vous avez raison, et cette
guerre est inévitable sous peu de temps : je dirai
plus; elle est peut-être nécessaire pour consoli-
der promptement et sûrement l'autorité du Roi.
La guerre rallie tous les partis au Souverain; il
a besoin d'être investi d'une plus grande puissance, l'état de guerre étant incompatible avec
les lenteurs et les formes que permet l'état de
tranquillité. Si en 1789, Louis XVI avait fait

la guerre, il n'aurait pas été détrôné. *T. P.* Il lui fallait un motif. *T. M.* Est-ce que les Rois en ont besoin ? La guerre la plus injuste et la plus désastreuse n'aurait pas causé à la France la vingtième partie des maux que lui a apporté la révolution. Cette guerre, soutenue par le Roi, n'aurait pas duré vingt-deux ans, dévoré six millions d'hommes, démoralisé la nation, perverti une génération entière, et, si l'on excepte le courage de nos guerriers, seul côté honorable que nous puissions offrir, montré à l'Univers la France sous l'aspect le plus révoltant et le plus hideux. *T. P.* De manière que, selon vous, nous avons encore la perspective d'une guerre prochaine. *T. M.* Il la faut. *T. P.* Contre qui ? *T. M.* C'est ce que les circonstances et la politique décideront quand il en sera temps. *T. P.* Nous n'aurons pas de meilleures raisons que cela ? *T. M.* Non, mon ami : nous nous battrons, comme cela est arrivé tant de fois, sans savoir pourquoi ; et au bout de quatre ou cinq campagnes, nous ferons la paix pour recommencer quelques années après. *T. P.* Cette navette durera-t-elle longtemps ? *T. M.* Mais à peu près autant que le monde, à ce que je crois ; parce que les hommes n'ayant pas l'air de devoir changer, leur conduite sera toujours la même.

même. *T. P.* On ne peut pas dire que vous voyez les choses trop en beau. *T. M.* Je les vois comme elles ont été, comme elles sont et comme elles seront.

T. P. Je ne pense pas comme vous, qu'en 1789 une guerre eût empêché la révolution ; trop de causes concouraient à l'amener. *T. M.* N'importe. *T. P.* D'abord, les parlemens : vous ne nierez pas que c'est à leur résistance opiniâtre aux volontés du Roi que nous devons les états-généraux, et conséquemment la révolution : ce qui ne vous empêche pas de les aimer de tout votre cœur. *T. M.* Aussi n'est-ce pas sur ce point-là que je les approuve ; c'est comme juges que je les préfère aux tribunaux actuels et aux jurés. *T. P.* Ils étaient détestés par le peuple. *T. M.* Il n'y a rien de surprenant dans cette haine du peuple pour les parlemens : chez aucune nation, la masse ignorante, soumise à une surveillance active et nécessaire, n'aime ses juges, parce qu'elle les redoute, qu'elle voit en eux les hommes chargés de l'exécution des lois, de la punition des crimes. *T. P.* Les parlemens disposaient arbitrairement de la liberté, de la fortune, de la vie des hommes. *T. M.* Je ne vous ai jamais cru un aigle, je l'avoue, mais je n'imaginais pas que vous adoptassiez les idées absur-

B

des répandues seulement dans les dernières classes de la société. Les parlemens ne disposaient de la liberté, de la fortune et de la vie des citoyens que d'après les lois ; ils ont pu se tromper dans leurs jugemens, puisqu'ils étaient hommes : mais aucun parlement n'a été accusé d'avoir fait périr sciemment un innocent. *T. P.* Et *Calas*, et la fille *Salmon*? *T. M.* Rien n'est moins démontré que l'innocence de Calas, malgré l'éloquent plaidoyer de Voltaire, et la majorité des habitans de Toulouse n'en était nullement convaincue. Quant à la fille Salmon, je me trouvais à Cæn lors de l'événement ; je puis vous certifier qu'elle y passait pour coupable. Or, ces deux individus fussent-ils innocens, les juges ont pu être trompés comme le public, et ne pas les avoir condamnés *sciemment :* car c'est sur ce mot que j'appuie. Les tribunaux qui ont succédé aux parlemens peuvent-ils en dire autant? Des hommes ignares, grossiers, sans éducation, sans principes, tarés, méprisés, vomis par les égoûts de la capitale et des provinces, antérieurement ouvriers, postillons, soldats ou laquais. Le patriotisme *pur* leur a tenu lieu de toutes les qualités : il leur a suffi de voter pour la mort, sans distinction d'âge, de sexe, ou de fautes ; le plus féroce a été le

plus capable ; et l'on a vu (chose incroyable)
demander le remplacement de deux juges du
tribunal d'Orange, parce qu'ils avaient la sottise de *tenir aux formes*, c'est-à-dire de croire
qu'il n'y avait que les nobles, les prêtres et les
riches que l'on pût condamner sans examen
(voyez le Rapport de Courtois). Eh bien ! des
tribunaux, même tels que vous peignez à faux
les parlemens, n'étaient-ils pas préférables à
des commissions de bourreaux ? Les premiers
ont sacrifié quelques innocens ; les seconds ont
puni bien peu de coupables, et ont condamné
plus de Français en deux ans, que tous les parlemens en deux siècles. Vous n'avez pas frémi
de voir des tigres transformés en juges, envoyer
à l'échafaud des milliers de victimes sans inter-
rogatoires, sans preuves, sans procès écrit ?
C'est là ce que nous devions préférer aux membres des cours souveraines ? Ceux-ci avaient
reçu de l'éducation ; ils tenaient à quelque chose :
l'honneur de leurs familles retenait ceux qui auraient été tentés d'oublier leurs devoirs ; si quelques grands crimes ont souillé ces corps respec-
tables à beaucoup d'égards, n'en accusons que
la fragilité humaine qui se retrouve partout.

Vous qui êtes le champion de toutes les ins-
titutions nouvelles, celle des jurés vous paraît

le chef-d'œuvre dé l'esprit humain. *T. P.* Certainement. *T. M.* En effet, ils font d'excellente besogne ; il est vrai que le Code pénal les aide beaucoup à juger tout de travers. Une femme, convaincue d'assassinat volontaire sur son fils, est condamnée à une réclusion perpétuelle. *T. P.* Parce qu'elle a agi sans préméditation. *T. M.* Ne fallait-il pas, pour encourir une peine capitale, qu'elle y pensât quinze jours à l'avance ? Et vous approuverez le supplice d'une malheureuse fille séduite, déshonorée, qui, se voyant perdue à jamais pour une seule faute (et quelle faute !), fait périr son enfant. Y a-t-il la moindre comparaison a faire entre les deux crimes ? *T. P.* Je conviens du fait. *T. M.* Et la peine de six mois de prison appliquée à des individus qui, n'étant point membres de la Légion d'honneur, se sont permis d'en porter les marques, vous paraît-elle suffisante ? *T. P.* Oui. *T. M.* Eh bien, autrefois celui qui portait la croix de Saint-Louis avant d'être reçu, dût-il l'être le lendemain, était dégradé et enfermé vingt ans dans une forteresse, et il le méritait. *T. P.* Vous êtes toujours pour les moyens extrêmes. *T. M.* Oui, dans certains cas, et celui-ci en est un : aussi je repousse hautement ces *circonstances atténuantes* que les jurés adoptent

— ...ouement ; ces petits moyens qu'emploient journellement les défenseurs des accusés, avec lesquels ils parviennent à faire absoudre de vrais coupables qui rentrent dans la société, pour y recommencer les mêmes manœuvres. On n'a jamais tant vu de vols : il semble que le Code encourage les voleurs au lieu de les effrayer ; le vol domestique, puni autrefois de mort, et très-justement, est presque assimilé à un vol ordinaire : enfin les lois semblent être faites pour les fripons ; aussi, en profitent-ils bien. *T. P.* Le tort n'est donc pas aux seuls défenseurs. *T. M.* Non ; le Code sert beaucoup à favoriser leur désir de trouver toujours des innocens : ces défenseurs, qui passent pourtant pour d'honnêtes gens, se félicitent du succès de leur éloquence, sans s'apercevoir du tort qu'ils font à la chose publique : le bandeau de l'amour-propre les aveugle absolument. Combien d'exemples n'a-t-on pas vus depuis le retour du Roi, de ces circonstances atténuantes qui ont modifié ridiculement la sévérité des jugemens pour les cris et actes séditieux, les provocations contre le Roi et sa famille ? *T. P.* A présent, vous voilà rassuré par la loi. *T. M.* A la bonne heure, si on *l'exécute ; et j'aurais voulu la peine de mort au lieu de la déportation. *T. P.* Oh ! j'en suis persuadé ; vous êtes toujours pour l'opinion la plus sévère : je crois cependant vous avoir entendu dire que les hommes étaient plutôt retenus par la certitude de la peine que par sa sévérité. *T. M.* Le principe est vrai ; mais c'est ici une loi de circonstances. *T. P.* Les Chambres ont déclaré positivement que ce n'en était point une, qu'elle était faite pour toujours. *T. M.* Elle est de circonstances, par la nature du délit qu'elle punit. Pensez-vous que, dans un an, on entendra beaucoup de *vive l'empereur*, et qu'on verra beaucoup de cocardes tricolores ? *T. P.* Non ; et c'est pour cela que, sans la peine de mort, elle aura atteint son but. *T. M.* Elle l'aurait atteint plutôt, et aurait frappé moins de coupables. *T. P.* Vous avez vu qu'un ministre a prouvé à la Chambre que la déportation était plus cruelle que la mort. *T. M.* Il l'a dit ; mais il ne l'a pas prouvé, ce qui est fort différent. Ce ministre portait avec lui la réplique à son argument ; on pouvait répondre au portrait effrayant qu'il a fait de la déportation : 1°. *La déportation n'est pas une peine perpétuelle, et l'on en revient, puisque vous voilà, et vous voilà revêtu d'une des premières charges de l'État.* 2°. *Les coupables atteints par la loi ne seront pas traités comme vous et vos compagnons d'infortune*

(25)

*l'avez été par le Directoire. Ils ne traverse-
ront pas la France dans des cages de fer, ne
seront pas livrés journellement aux iusultes
et aux outrages d'une populace féroce ; ne seront point entassés dans l'entrepont d'un bâtiment, n'y souffriront pas mille morts avant
d'atteindre la plage qui devra les dévorer.
La pitié, l'humanité présideront à l'exécution de la loi, et la férocité ni la barbarie n'y
ajouteront rien : il suffit de considérer la différence des temps et des gouvernemens.* Voilà
ce qu'on aurait pu répliquer au ministre, et de
plus, que si la déportation peut à la vérité pa-
raître aussi cruelle que la mort à une certaine
classe d'hommes, il en est une bien plus nom-
breuse, et qui offrira proportionnellement bien
plus de coupables, pour qui la mort est la plus
effrayante de toutes les peines.

T. P. La loi elle-même a pourtant été vivement combattue à la Chambre des pairs. *T. M.* Je
n'ai jamais prétendu qu'il n'y en ait pas une cin-
quantaine qui seraient beaucoup mieux placés
ailleurs. *T. P.* Et l'un d'eux n'a pas craint d'im
primer son opinion directement contraire au
projet de loi. *T. M.* Vous approuvez cette publicité. *T. P.* Sans doute ; il a voulu que le
public pût juger de ses motifs. *T. M.* Il a eu

tort; d'abord dans le fond ; car son opinion est fausse dans tous les points : cependant je l'excuse, parce que les opinions sont libres, et qu'il ne dépend pas de soi de n'y pas voir de travers ; mais il est tout-à-fait inexcusable d'avoir fait imprimer son opinion : c'est appeler de la décision de la Chambre ; c'est lui manquer : elle seule devrait pouvoir ordonner l'impression d'un discours prononcé dans son sein. A quoi se réduira ce privilége, si l'orateur blâmé, rappelé à l'ordre, ou seulement qui a succombé dans la lutte, a le même droit ? Les membres des deux Chambres ne pouvant être recherchés pour leurs opinions à la tribune, si leurs discours sont dans le cas de devenir des flambeaux de discorde, doivent-ils avoir la faculté de les jeter impunément dans la société ? Non ; je tranche le mot : il y a plus que de l'inconvénance à laisser une faculté pareille aux membres des deux Chambres, et c'est compromettre la chose publique que de tolérer une arme aussi dangereuse dans la main de certaines gens. Quant au pair dont il est question, comment a-t-il osé assimiler la loi actuelle à l'affreuse loi des suspects ? comme si la moindre comparaison pouvait exister entre elles. Il a oublié par qui celle de 1793 était exécutée, et par qui le sera celle-ci. Il a oublié contre quels hommes était dirigée la première ; et contre quels hommes sera dirigée celle de 1815. Enfin il a oublié, ce qui est bien plus extraordinaire, que membre de cette Convention si horriblement célèbre, il n'a ni blâmé ni combattu la loi qui ne frappait que les innocens : aujourd'hui il blâme et combat celle qui ne doit frapper que des coupables. On aurait cru que sa qualité d'ancien président de la Chambre des députés de Bonaparte l'aurait dispensé de siéger dans celle des pairs ; et s'il y a donné un grand scandale, le tort n'est pas à lui seul. *T. P.* A qui donc ? *T. M.* Oh ! je veux vous laisser quelque chose à deviner.. *T. P.* Et que dites-vous de celui qui, ayant été pair de l'usurpateur, se trouve encore pair aujourd'hui ? *T. P.* Que voulez-vous que je vous dise ? Qu'il y a eu sans doute d'excellentes raisons pour le conserver et pour le traiter plus favorablement qu'une trentaine d'autres qui, au premier aperçu, ont l'air de n'être pas plus coupables que lui. Mais comme le traitement qu'ils éprouvent est si différent, il faut que les autres aient eu des torts plus graves que nous ne le croyons, ou que celui-ci ait fait quelqu'action d'éclat que nous ne connaissons pas encore.

T. P. L'opinion de ce pair que vous blâmez

tant, a été soutenue par un assez grand nombre de pairs. *T. M.* C'est qu'il y a un assez grand nombre de pairs qui manquent de mémoire. Ces messieurs oublient que le Roi, en remontant sur le trône de ses pères, pouvait sans scrupule, sans injustice, ne pas les admettre dans la nouvelle Chambre, ne pas leur conserver un traitement beaucoup trop considérable pour l'état actuel de nos finances, ne pas transmettre à leurs enfans la première ou même l'unique dignité du royaume, ne pas les assimiler, en un mot, à MM. de Montmorency et de Rohan. Vous convenez bien que le Roi pouvait se dispenser de faire tout cela. *T. P.* Oui. *T. M.* Convenez-vous encore que cette pairie, cette dignité éminente vient originairement de services rendus à l'usurpateur, et conséquemment *contre le Roi?* *T. P.* Oui. *T. M.* Puisque vous êtes en train de faire des aveux, ajoutez-y celui-ci : qu'il existe une classe d'hommes chez qui les bienfaits les plus signalés, les grâces les plus éclatantes, et les moins méritées, ne réveillent d'autre sentiment que l'ingratitude. Ils forceraient au repentir celui qui les en a comblés, si l'on pouvait jamais se repentir d'avoir fait du bien. Devrait-il y avoir dans cette Chambre un *seul* opposant aux volontés du Roi? Au reste, la majorité est pure et franchement attachée à son Souverain ; s'il y avait une apparence d'égalité, il y jetterait quarante ou cinquante nouveaux pairs, qui la feraient bientôt cesser. Ainsi nous pouvons être tranquilles sur les résultats. *T. P.* Alors les Chambres sont un jeu, puisque le Roi a la faculté que vous dites. *T. M.* Ma foi, s'il faut opter entre le Roi et quelques anciens avocats assis, à leur grande surprise, à côté de nos princes, je vous déclare que je suis pour le Roi, et que j'adopterai tous les moyens possibles pour qu'il demeure le maître. *T. P.* A la bonne heure. *T. M.* Vous reconnaissez la vérité de ce que je vous ai tant dit : que les Chambres auront beau être bien composées, jamais elles ne feront rien de bon, que le Roi n'eût pu faire aussi bien qu'elles, et surtout plus promptement. Voyez la loi sur les cris et actes séditieux ; il s'est écoulé trois semaines depuis sa présentation à la Chambre des députés jusqu'à son acceptation par le Roi. *T. P.* Les discussions ont nécessairement demandé du temps. *T. M.* Le Roi et son Conseil l'auraient tout aussi bien discutée, et, en quarante-huit heures, elle eût été rendue et proclamée. Il y a des lois qui ne peuvent pas être connues trop tôt, et celles de police sont presque toutes de ce nombre : c'est pourquoi le Roi aurait dû, dans cette occasion, être investi de l'autorité nécessaire, pour faire seul ce que les Chambres ont fait.

Vos jurés n'ont-ils pas trouvé le moyen d'éluder la loi, et de rendre les juges jurés malgré eux, en se mettant sept contre cinq ; alors il faut que les juges se joignent aux jurés, et ce sont eux qui décident la question : c'est encore là une imperfection de la loi. *T. P.* Il faudrait supposer que les jurés s'entendent pour prendre ces arrangemens. *T. M.* Qui les en empêche lorsqu'ils sont retirés dans leur chambre ? Pour certaines affaires épineuses, ils ne sont pas fâchés de pouvoir rejeter sur d'autres le tort de condamner un innocent ou de sauver un coupable, et leur conscience est en repos. *T. P.* Ah ! c'est là le grand principe : plutôt sauver dix coupables que condamner un innocent. *T. M.* Oui, lorsqu'il est question de la peine de mort, parce que l'honnête homme ne peut se faire à l'idée de voir périr un innocent ; mais pour l'application de la loi sur les cris séditieux, par exemple, il vaut mieux, pour la chose publique, qu'un innocent subisse une réclusion à terme, que si dix coupables restaient dans la société. Les principes les plus sacrés admettent toujours quelques exceptions.

T. P. Pour en revenir à vos parlemens, pourvu qu'on eût de quoi payer sa charge, on était assuré de l'obtenir, et l'argent vous en rendait digne. *T. M.* Cela est faux; il ne suffisait pas de là payer; mais je n'en approuve pas moins la vénalité. *T. P.* Oh! je le crois. *T. M.* Par une raison bien simple; vous ne voulez pas de juges prévaricateurs? *T. P.* Non. *T. M.* Eh bien, celui qui jouira de 15, 20, 30 mille francs de revenu, sera moins facile à séduire que celui qui n'aura rien. Êtes-vous de cet avis? *T. P.* Soit. *T. M.* La vénalité est donc désirable, puisqu'elle détruit ou au moins affaiblit le plus dangereux, le plus révoltant des abus; et l'on y reviendra un jour, non par le motif que je donne, mais parce que l'État aura besoin d'argent, et se procurera par là quelques millions : ce sera le cas de bénir l'effet, sans s'arrêter à la cause. *T. P.* Lorsqu'on aura épuré les tribunaux actuels, ils vaudront les parlemens. *T. M.* Jamais, parce que nous ne les verrons jamais complètement épurés. Leur plus grand vice est la nature de leur composition. *T. P.* Laquelle? *T. M.* Cette multitude d'avocats qui peuple les tribunaux. *T. P.* Pourquoi vous déplaisent-ils? Ne sont-ils pas aussi instruits que d'autres? *T. M.* Oui, à plaider, mais non à juger. L'habitude qu'ils ont d'envisager toujours les affaires sous deux points de vue, de ne se décider en faveur de l'un que lorsqu'ils en ont entrepris la défense, les entraîne encore quand ils sont devenus juges ; ils balancent le pour et le contre ; ils hésitent, et font précisément le rôle de *l'âne de Buridan*. Rien de plus commun qu'un avocat qui défendra en quinze jours deux causes précisément opposées, et aura toujours l'air convaincu qu'il défend la bonne. Ecoutez une historiette assez plaisante.

Un avocat de Provence, très-renommé avant la révolution, était souvent consulté, et ses mémoires étaient faits au poids. *T. P.* Comment cela ? *T. M.* Lorsqu'il avait dicté à son secrétaire 40 ou 5o pages, il s'arrêtait, prenait le cahier, le soupesait dans sa main ; et s'il le trouvait trop léger, il continuait : lorsque le poids lui paraissait suffisant, il le terminait et l'envoyait à son client, qui le payait bien, vu la réputation dont jouissait le jurisconsulte. *T. P.* Voilà une plaisante méthode. *T. P.* Le mémoire n'en était pas plus mauvais ; il était seulement plus cher, et contenait beaucoup de pages inutiles. Cet avocat n'en a pas moins joué un rôle dans la révolution. Il est mort depuis quelques années, revêtu d'une grande charge de l'État.

T. P. Si je blâme la vénalité des charges,

je n'approuve pas davantage leur hérédité.
T. M. Pourquoi ne voulez-vous pas qu'un fils
succède à son père ? *T. P.* Parce que cette pa-
renté ne lui donne pas forcément les qualités
nécessaires. *T. M.* Aussi n'est-ce pas une obligation pour le gouvernement qui a toujours la
faculté de prendre les informations qu'il veut.
T. P. Bon ! le gouvernement s'en occupe bien ;
le fils de l'homme revêtu d'un emploi se présente, il l'obtient. *T. M.* Permettez-vous à un
fils de succéder à la fortune de son père ?
T. P. Certainement. *T. M.* Si ce fils est un mauvais sujet, un homme dangereux, vous laissez
dans ses mains des armes bien puissantes pour
faire le mal. De plus, un millionnaire, quoique
inhabile, a tant de facilité pour obtenir des emplois et pour s'y maintenir ! Ainsi l'hérédité des
biens dont vous n'avez jamais été choqué, est in-
finiment plus dangereuse pour l'État, que celle
des places dont on a toujours la possibilité d'ex-
pulser qui on veut. Mon avis est donc qu'on peut,
sans beaucoup d'inconvénient, laisser subsister
l'hérédité des places et supprimer celle des fortunes. Par ce moyen, le fils d'un noble millionnaire, se voyant réduit à rien, s'il ne se rend
pas utile, sera forcé de faire quelque chose, et
d'acquérir des talens et des connaissances, au

lieu de végéter au milieu de ses parchemins et de ses écus. Je suis étonné que cette idée ne vous soit pas venue dans la tête ; elle est bien digne de vous. *T. P.* Il n'y a pas moyen de raisonner avec quelqu'un qui tourne tout en plaisanterie. *T. M.* Aussi ne raisonnez-vous pas souvent avec moi, je vous assure. *T. P.* Bien obligé. *T. M.* Par cet arrangement-là, les places étant toutes occupées par des hommes intègres et éclairés, la France eût été heureuse, et n'aurait pas eu besoin de faire une révolution pour le devenir ; car, de 1789 à 1815, elle n'a fait que passer d'un bonheur à un autre. N'est-ce pas ?

T. P. Comment vouliez-vous que la révolution n'eût pas lieu ? Les Français se sont révoltés en 1789 , parce qu'ils étaient au désespoir. *T. M.* Je crois que la tête vous tourne tout-à-fait. Qu'y avait-il donc de désespérant dans la position des Français en 1789 ? En partant de ce principe, les trois quarts et demi de l'Europe auraient dû se révolter avant eux. Vous adoptez là une opinion furieusement erronée. Les peuples ne se révoltent *que lorsqu'on les fait révolter.* Mille individus de la dernière classe mourront de faim à côté d'un magasin de biscuit dont les portes seront fermées ; et ne manquant de rien, ils les enfonceront si les *meneurs* les poussent

à

à le faire. Voilà le peuple de tous les pays, et de tous les tems.

T. P. La crainte d'une banqueroute, que tous annonçaient comme très-prochaine, a aussi beaucoup contribué à l'insurrection de 1789. *T. M.* Si la simple menace d'une banqueroute avait tellement frappé les Français, comment en ont-ils supporté si tranquillement la réalité? car, vous m'accorderez bien, que la grande nation a été en banqueroute ouverte et journalière, pendant plusieurs années. Plût à Dieu qu'elle eût été consommée brusquement, en 1789, nous y aurions tous gagné, et l'état lui-même : car, par un prodige inouï, réservé à un siècle si fécond en miracles, un gouvernement s'est trouvé plus obéré en ruinant ses peuples ; ce qui rend notre banqueroute si différente de toute autre, c'est que le gouvernement l'a faite pendant plusieurs années, paisiblement, sans obstacle, *la loi à la main*, ce qui est sans exemple dans les fastes de toutes les nations. Ainsi, ceux qui, selon vous, se sont révoltés par crainte de la banqueroute, sont demeurés paisibles et soumis, lorsqu'elle a eu lieu ; mais alors, il y avait des prisons et des échafauds ; et en 1789, il n'y avait que d la clémence et de la bonté ; faibles barrières pour un peuple avili et corrompu, instrument aveugle d'une troupe de factieux.

Vous oubliez dans les causes de la révolution la conduite scandaleuse du clergé, que le peuple ne pouvait plus supporter, n'est-il pas vrai ? *T. P.* Vous dites la vérité en riant. *T. M.* Comme vous êtes nourri de toutes les fausses idées de la plus abjecte populace ! tous les voyageurs impartiaux conviennent que le clergé de France, généralement plus instruit (notamment dans le second ordre), que celui des autres pays, était surtout recommandable par les dehors qu'il affectait, par son attention soutenue à ménager les apparences, et à éviter le scandale. J'ai voyagé aussi, j'ai vu les trois quarts de l'Europe, je n'ai rien négligé pour connaître la vérité. Presque partout, mes observations ont été à l'avantage du clergé de France, pour les lumières et l'instruction; et partout, pour les mœurs publiques. *T. P.* Vous ne me ferez pas accroire que nos prêtres fussent des saints. *T. M.* Non : la conduite révolutionnaire d'un assez grand nombre, à démontré que le germe des vices était dans leur cœur : mais, avant que l'impunité eût encouragé au crime, que le scandale public fût devenu un acte de patriotisme et de vertu, ces mêmes prêtres soumis

à des lois, à des devoirs austères, donnaient
bien rarement de scandaleux exemples. Je blâme
les ministres du culte, qui abusant de leur as-
cendant pour tromper les esprits faibles, mettant à profit leur simplicité crédule, les dé-
tournent de l'obéissance aux lois de l'état, sous
le prétexte qu'elles sont incompatibles avec la
morale de l'évangile. Ceux-là font tort à la
cause qu'ils veulent défendre : ils prennent pour
la religion même, ce qui n'en est que le fana-
tisme. Voilà les hommes que le gouvernement
doit surveiller et punir ; mais qu'il ne peut, en
toute justice, proscrire en masse, incarcérer
ou déporter. *T. P.* Ils étaient réfractaires. *T. M.*
Encore une expression de 1793, que vous devriez rougir de répéter. Lorsqu'on imagina de
soumettre les ecclésiastiques à un serment, ils
eurent l'option de le prêter, où de renoncer à
tout traitement pécuniaire : et des législateurs
souffrirent qu'on appelât *réfractaires*, qui
signifie rebelles, des prêtres qui, usant de la
faculté qu'on leur avait laissée, avaient opté
pour le refus du serment, et la privation de leur
traitement. N'était-ce pas là le comble de l'injustice et de l'inconséquence ? S'ils s'étaient
trompés, en croyant ce serment contraire aux
dogmes de l'église, tant pis pour eux : le gou-

C*

vernement ne pouvait leur infliger d'autres peines que l'interdiction , et la supression de leur modique pension , en supposant , toutefois, que l'humanité permît d'exposer à mourir de faim , des hommes qui n'avaient que le tort unique de rejeter un serment qu'ils désapprouvaient dans leur conscience, mais qui n'en demeuraient pas moins soumis aux lois de l'Etat.

T. P. Je n'ai jamais rien pu trouver dans ce serment qui fût dans le cas de le faire rejeter.

T. M. Permettez-moi de vous dire que cela ne prouverait pas qu'il n'y eût rien : au reste, je ne l'analyserai pas , ce serment , prétexte de tant de vexations , source de tant de malheurs et de crimes. Je me contenterai d'observer que le haut clergé l'a cru incompatible avec les dogmes de la religion , puisque l'appât d'un revenu considérable n'a pu engager aucun évêque à le prêter : tous ont préféré une misère absolue et inévitable ; quelques-uns d'entr'eux qui, sans mériter ces apostrophes indécentes, dont on s'est plu à les charger , avaient une conduite moins exemplaire que ne l'exigeait leur état, ont recouvré par ce noble et généreux refus, l'estime que la partie moins indulgente du public avait pu leur retirer. En dernier résultat, le clergé de France n'avait pas besoin de çette cruelle épreuve ; mais il doit s'en féliciter, bénir ses infortunes qui l'immortalisent à jamais. *T. P.* Vous prétendez à tort que tous les évêques ont refusé le serment. *T. M.* J'ai cru pouvoir dire *tous*, lorsque sur cent trente, *quatre* seulement l'ont prêté. Encore si ces quatre prélats avaient joui d'une réputation intacte, si leur conduite avait été à l'abri de tout reproche, si en un mot, ils eussent été dignes de servir d'exemple, une autorité aussi respectable eût été d'un grand poids auprès de la masse entière du clergé ; mais, bon dieu, quels étaient ces quatre chefs de secte ? Vous vous en souvenez sans doute ; trois n'existent plus ; je crois inutile de vous nommer le quatrième ; il me suffira de vous rappeler que le moins *mésestimable* des quatre était un fou avéré, bien avant la révolution. Voilà donc ce qu'on n'a pas rougi d'opposer au refus de cent vingt-six prélats. Convenons que si l'action de ces nouveaux apôtres est digne d'éloges, il est fâcheux que de bons exemples ayent été donnés par de tels hommes. La vertu veut être proclamée par des organes purs ; si elle emprunte celui du vice, elle perd tous ses avantages, et lorsque j'entends un fripon parler de probité, je suis tenté de la regarder comme un être de raison.

Si vous avez un peu de mémoire, vous vous souviendrez de ma prédiction sur Murat. *T. P.* Oui, que son rôle était fini. *T. M.* Que sa marche triomphante sur Rome, sa superbe campagne en Italie, dont vous étiez l'admirateur, le renverraient à son cabaret de Cahors : elles l'ont mené un peu plus loin. *T. P.* C'est finir tristement, pour un Roi. *T. M.* Mais aussi, quel Roi ! sa fin vous démontre que l'alliance incroyable que Napoléon a eu le bonheur de contracter, l'a sauvé de la même catastrophe ; car leurs crimes étant pareils, la punition eût été la même. Le roi de Naples marche un peu sur les traces de son neveu ; il n'y a pas de mal. *T. P.* Oh ! dès qu'on fusille, vous êtes content. *T. M.* Les rebelles, les traîtres, les scélérats, oui, mon cher, je suis content, enchanté : j'ai vu périr assez d'innocens, il est temps que je voye exterminer des coupables. Si le roi de Naples n'avait pas mis autant de célérité dans cette affaire, et que le temps l'eût permis, vous auriez vu Murat réclamé par quelque Souverain, aller rejoindre sa chère épouse, et vivre paisiblement avec les millions qu'on lui a si ridiculement laissés. Il y a des pays qui sont, on ne sait pourquoi, le réceptacle de tous les proscrits, qui y trouvent sureté et protection. Il faut convenir que cette protection est bien placée, et surtout très-flatteuse pour Louis XVIII, qui peut-être serait moins bien accueilli lui-même, s'il était encore proscrit. *T. P.* La veuve de Murat se consolera avec l'argent et les bijoux qu'elle a emportés, et qu'elle garde. *T. M.* Aujourd'hui que toutes les idées sont renversées, cela s'appelle générosité, grandeur d'ame. Est-ce que cette femme ne se serait pas trouvée bien heureuse avec vingt ou vingt-cinq mille livres de rente, c'est-à-dire, avec mille fois ce qu'elle avait à prétendre de son patrimoine ? Est-ce qu'elle a besoin d'une cour, de chambellans, d'écuyers, de dames de compagnie ? C'est le comble de la sottise et de l'extravagance. Et Joseph, qui a aussi emporté des millions, et qui va les manger, je ne sais où. *T. P.* Aux Etats-Unis. *T. M.* C'est naturel, une nation purement commerçante ouvre les bras à tous ceux qui arrivent avec de l'argent : si Cartouche existait encore, et qu'il y portât dix millions, il y serai accueilli. *T. P.* Le pays a besoin d'habitans, il en prend où il peut. *T. M.* Il vaut mieux vivre dans un désert, qu'au milieu de tels *citoyens !* Comment a-t-on laissé tous ces enrichis emporter leurs trésors hors de France ? Comment leur a-t-on laissé les moyens d'intriguer de nouveau, si les circonstances le permettaient encore ? C'est la première fois qu'on voit des voleurs reconnus jouir aussi paisiblement du fruit de leurs rapines. Lucien n'a pas volé sur le trône ; mais il ne s'est pas moins enrichi que les autres : ces gens-là seront la tige de familles opulentes qui, en changeant de nom, se trouveront un jour au niveau de ce que nous avons de plus distingué ; car dans ce siècle de lumières et de philosophie, la fortune a bientôt rapproché les distances.

T. P. Je ne crois pas que tous ces individus soient bien à craindre aujourd'hui. *T. M.* Non ; il y a dans leurs complots autant de sottise que de scélératesse. Voyez la tentative de Porlier, en Espagne, comme elle a réussi. *T. P.* Il avait un très-grand parti, et sa condamnation a été blâmée presque généralement. *T. M.* Si tant de gens la blâmaient, pourquoi ne se sont-ils pas armés pour le sauver ? *T. P.* Ah ! c'est autre chose ! *T. M.* En effet, il y avait bien quelques risques à courir. Tous ces chauds partisans des conspirateurs ne savent que crier et clabauder ; lorsqu'il s'agit de se montrer, ils se cachent, et joignent ainsi la lâcheté à leurs autres *perfections*. *T. P.* Tout le monde n'est pas disposé à se battre pour ses opinions. *T. M.* Ni à se faire pendre, n'est-il pas vrai ? C'est fort sage.

Ce qui me plaît dans le procès de Murat et de Porlier, c'est qu'il n'a pas fallu quatre mois pour commencer à discuter la compétence du tribunal, comme nous l'avons vu pour Ney ; ce qui, en vérité, serait risible, si l'indécente joie qu'ont affectée les factieux de l'étonnante décision du conseil de guerre, n'excitait autant de pitié que d'indignation. *T. P.* Le conseil s'est déclaré incompétent un peu légèrement. *T. M.* Les trois quarts des juges ont été trop heureux d'avoir un moyen, bon ou mauvais, de se tirer de qualité ; car j'en nommerais bien quelques-uns aussi étonnés de se voir là, que le doge de Gênes à Versailles. *T. P.* En dernier résultat, l'accusé n'a pas dû se féliciter du succès qu'a obtenu l'éloquence de son défenseur. *T. M.* Pouvait-il l'espérer ? De quel tribunal devait-il attendre plus d'indulgence que de *ses* pairs ? *T. P.* C'est vrai : il fallait se laisser juger. *T. M.* Le défenseur ne s'en sera pas moins applaudi, comme d'une grande victoire ; il a fait trembler les voûtes et sué sang et eau pour prêcher des convertis, plus pressés de s'en aller qu'on ne l'était de les renvoyer. Ensuite l'accusé devient ce qu'il peut : le rôle de l'avocat fini, quoi qu'il arrive, il est sûr d'être bien payé ; c'est là le point important, et puis :

Bon soir la compagnie ! *T. P.* Cependant la catastrophe de Murat a dû déconcerter un peu *les Bonapartistes. T. M.* Point du tout : vous ne les connaissez pas, tant qu'il a existé, ils ont prétendu qu'il se retirerait auprès de sa femme, qu'on l'y recevrait, qu'on l'y protégerait ; c'était alors le plus honnête homme du monde. Lorsqu'il a été fusillé, ils ont dit qu'ayant trahi Bonaparte, c'était un coquin, qui n'avait que ce qu'il méritait. Voilà comment ces drôles-là savent se retourner : ils n'ont jamais tort. Ney est fusillé ; ils disent qu'à Waterloo, il n'a pas chargé quand il le fallait, et qu'il a ainsi contribué à la perte de la bataille ; conséquemment, il a mérité son sort.

T. M. Vous avez admiré comme tant d'autres les nombreuses victoires de nos armées, nos conquêtes dans toute l'Europe : vous voyez qu'il ne faut jamais se presser de juger des choses ; que nous en reste-t-il aujourd'hui ? *T. P.* De glorieux souvenirs. *T. M.* Ne sont-ils pas payés un peu cher ? *T. P.* C'est possible ; mais la gloire de la France sera consignée à jamais dans l'histoire. *T. M.* Malheureusement elle n'y figurera pas seule : l'histoire consacrera en même temps nos folies, nos extravagances sans nombre, nos sept ou huit constitutions en vingt-cinq ans, l'esclavage où nous avons gémi sous une suite de tyrans de toute espèce, et pour finir, l'insolence, l'audace, la criminelle énergie que nous n'avons déployée que contre notre roi légitime, contre celui qui, seul, pouvait terminer nos longues infortunes. L'histoire dira tout cela, et nos neveux, en la lisant, rougiront de descendre de nous. *T. P.* Eh ! vous êtes plus sévère que l'histoire ne le sera. *T. M.* Ni vous, ni moi ne la lirons ; ainsi le procès ne peut être jugé pour nous : mais je suis intimement convaincu de tout ce que je vous dis.

T. P. Vous m'accorderez bien que le peuple français est plus éclairé qu'il y a trente ans. *T. M.* Entendons-nous ; si vous calculez le degré de lumières sur le nombre de gens qui lisent les pamphlets et les journaux, certainement l'avantage sera du côté du peuple de 1815. Trois cents cabinets littéraires, grands ou petits, sans compter les cafés, sont les foyers de l'instruction publique, et transforment journellement cent mille bons bourgeois, marchands ou commis de Paris, jusqu'alors étrangers à toutes connaissances, en politiques consommés. Tous ont des plans pour régir l'Etat, tous décident comment le gouvernement doit se conduire. L'homme qui sait à peine lire, qui épèle un journal, donne hardiment son opinion sur la si-

tuation de l'Europe. En un mot, cette multitude risible de journaux et de cabinets n'a eu
d'autre effet que de centupler le nombre des
déraisonneurs. Vous trouvez ces gens-là très-
éclairés, à la bonne heure. *T. P.* Vous êtes
forcé de convenir qu'ils en savent plus qu'autrefois. *T. M.* Non; car l'usage qu'ils font de
ce surcroît de connaissances, les réduit à rien.

Autrefois, chacun ne pensait qu'à ses affaires, et laissait régir celles de l'Etat aux personnes que leurs places forçaient de s'en occuper, et tout n'en allait que mieux. En 1789,
les Français ont commencé à devenir plus sa-
vans : convenez qu'ils ont fait un bel usage de ce
qu'ils avaient appris. *T. P.* Il n'en sera plus de
même ; le goût de l'instruction restera dans
toutes les classes, et fera éclore de grands talens. *T. M.* Depuis que nous sommes entourés
de *docteurs* de toutes les espèces, qu'avons-
nous produit de si admirable ? Dans quel genre
de littérature l'emportons-nous sur nos pères ?
Quels grands politiques avons-nous à offrir ?
Vous voyez donc que cent mille lecteurs de gazettes peuvent bien enrichir ou alimenter trois
cents propriétaires de cabinets littéraires (qui,
souvent eux-mêmes, ne savent pas lire, chose
assez remarquable), connaître bien ou mal

la situation de l'Europe, sans cesser d'être les plus inutiles, les plus nuls des hommes. *T. P.* Jusqu'au garçon marchand, au plus petit clerc de procureur ou de notaire ; tout le monde connaît les affaires politiques. *T. M.* C'est-à-dire en parle, ce qui n'est pas tout à fait la même chose. Demandez à ces nigauds si Belgrade est un port de mer ; ils vous répondront qu'ils ont ouï parler d'une proclamation de Bonaparte, qui annonce son débarquement à Belgrade, avec quatre cent mille Turcs, et sa marche sur Paris. Objectez-leur qu'on ne vient pas de Sainte-Hélène à Belgrade en quinze jours ; ils vous diront qu'avec un bon vent, rien n'est impossible. En un mot, ces belles lumières, dont vous faites honneur au peuple français, ne servent qu'à lui faire dire plus de platitudes qu'autrefois, parce qu'il ne pensait qu'à ses propres affaires, et qu'il ne parlait pas de ce qui lui était étranger. *T. P.* A propos de proclamations, il en a couru aussi de Marie Louise et de son fils. *T. M.* Je le sais, dans les départemens, où elles ont trouvé des *croyans*. Les agitateurs se servent de tous les moyens ; le plus bête fait encore des prosélytes chez cette nation si éclairée : car, en province, le mode d'instruction est en petit le même qu'à Paris, et

réussit aussi parfaitement. Les cabinets littéraires y pullulent, et les journaux ont rem-
placé tous les livres : aussi, comme on connaît
les mœurs parisiennes, françaises, lorsqu'on
s'est nourri du feuilleton de *l'Ermite de la
Guyane*, dans la *Gazette de France !* Comme
on raisonne sur la politique, lorsqu'on a dévoré *l'Aristarque* ou *le Constitutionnel !*
Comme on est profondément instruit de l'état
intérieur de la France avec *le Moniteur !*
T. P. Vous riez : je n'en persiste pas moins
dans mon opinion. *T. M.* Vous-même, êtes-
vous plus instruit qu'il y a trente ans ? *T. P.* Certainement. *T. M.* En êtes-vous plus recherché
dans la société ? *T. P.* Ma foi non. *T. M.* Êtes-
vous plus riche ? *T. P.* Non. *T. M.* Plus heureux ? *T. P.* Non. *T. M.* Que diable ! il valait
donc autant rester comme vous étiez. A quoi
sert l'instruction, si elle ne nous rend ni plus
sages ni plus heureux !

Vous prétendiez l'autre jour, que le Roi
pouvait à présent compter sur l'armée, qui
était revenue franchement à lui. *T. P.* Assurément. *T. M.* et tous ces officiers généraux
supérieurs, même subalternes, qui se donnent
les airs de ne pas porter leurs décorations,
les croyez-vous franchement attachés au Roi ?

T. P. **Pourquoi pas?** *T. M.* **Parce que des** militaires qui affectent de ne pas porter les décorations dont le Roi les a honorés (quelquefois un peu légèrement), que les statuts auxquels ils ont juré d'obéir, ne leur permettent pas de quitter , dénotent pour elles un mépris extrêmement coupable, et se montrent par là , des serviteurs peu zélés de leur souverain. Ils oublient que celui-ci peut être bientôt quitte avec eux, les remplacer par des officiers qui ne rougiront pas de se parer de décorations honorables, qu'un véritable délire , un égarement de la raison, peuvent seuls faire quitter volontairement. *T. P.* Un ordre du ministre auraitbientôtremédiéà cetabus. *T. M.* Comment cela? *T. P.* En prescrivant à tous les officiers de porter leurs croix , sous peine d'être déchus et rayés de l'ordre. *T. M.* Je parviendrais au même but par un moyen tout contraire. *T. P.* Qui serait. ... *T. M.* De déclarer dans le Moniteur que MM. (leurs noms, prénoms et qualités) ayant cessé de se décorer, soit de la croix de St. Louis, soit de l'étoile de la Légion d'honnenr , avaient perdu le droit de les porter, et que s'ils osaient le faire, ils encourraient la peine de ceux qui ne les ont jamais eues, et cette peine ne serait pas six mois de prison , comme quelques tribunaux l'ont prononcée, si ridiculement. *T. P.* quoi ! vous ne voudriez pas les avertir, auparavant ? *T. M.* non : aucun d'eux n'ignore qu'il est en faute ; ils péchent sciemment ; et, comme loin de s'en cacher, ils y mettent une affectation, qui serait comique, si elle n'était pas criminelle, on aurait bientôt l'état exact de ces zélés serviteurs du Roi, de ces rigides observateurs de leurs sermens ; en un mot, de ces bons, de ces excellens Français. Mon ami, celui qui ose quitter les décorations de son roi, est très-près de prendre celles d'un autre, s'il se présentait. *T. P.* Oh ! vous allez trop loin ; on peut ne pas porter la croix de St.-Louis, sans se ranger du côté de Bonaparte s'il reparaissait jamais. *T. M.* Non, on ne le peut pas ; si vous lisiez dans l'ame de ces gens-là, vous en seriez convaincu : ils ont bien accepté du roi, des grâces et des traitemens ; ils ne l'abandonneraient pas moins demain. *T. P.* Je ne les juge pas aussi sévèrement que vous. *T. M.* C'est que vous êtes bonhomme, et que l'idée d'une nouvelle trahison, et de la plus noire ingratitude, ne peut entrer dans votre ame ; je vous en félicite. *T. P.* J'ai entendu parler autrefois d'un avocat qui connaissait bien ses obligations : il avait le cordon rouge

par

par une charge dans l'ordre de St. - Louis :
on prétendait que, pour ne le quitter jamais,
il en portait un dans son bain, de tôle peinte.
T. M. Cela est vrai : je l'ai connu ; il s'appelait
Duvaudier ; c'était un homme d'esprit, quoiqu'il n'en donnât pas là une grande preuve.

T. P. Il y a dans toutes les classes des gens
qui n'aimeront jamais le Roi ; il faut en prendre
son parti. *T. M.* Je pense, Dieu me pardonne,
que vous devenez fou. *T. P.* Comment ?
T. M. Est-ce que le Roi a besoin d'être aimé
de toute cette canaille ? car il y a de la canaille
dans toutes les classes : est-ce qu'il s'en soucie ?
Non, non : il estime à sa juste valeur l'attachement de quelques milliers d'êtres incorrigibles,
voués au mépris de la saine partie de la nation.
Ce qu'il attend, ce qu'il exige d'eux, *c'est res-
pect et obéissance ;* et parbleu, il les obtiendra,
croyez-moi : le temps de l'indulgence passera,
et tous ces *gredins* ne broncheront plus, je
vous en réponds : il faut une fin à tout. Quant
à leur amitié, je vous le répète, on n'en veut
pas. *T. P.* Il est toujours flatteur pour un souverain d'être aimé. *T. M.* Savoir par qui. Je
ne suis pas souverain ; mais je connais bien des
gens de qui je serais au désespoir d'être aimé. Les
anti-royalistes ont imaginé, pour rabaisser le

D

Roi aux yeux du peuple, qui n'y voit pas plus loin, de le qualifier de premier magistrat, de premier fonctionnaire public. *T. P.* Est-ce qu'il ne l'est pas ? *T. M.* La question est bien digne de vous. Le Roi n'est ni magistrat, ni fonctionnaire : ces mots supposent une responsabilité qui n'existe pas. *T. P.* Il est le premier. *T. M.* Quelle bonté ! vous devriez le placer le trentième : les jacobins voudraient, par ces dénominations injurieuses à la Majesté royale, faire du Souverain un simple citoyen, que par grâce ils veulent bien placer au premier rang. *T. P.* Ces noms-là ne font aucun tort au Roi. *T. M.* Ils n'en font qu'à ceux qui s'en servent. Ces qualifications ridicules, et encore plus perfides, ne supposent-elles pas quelqu'un au-dessus ? *T. P.* Enfin, qu'est-il ? *T. M.* Il est le Roi, *le Roi*, LE ROI, et pas autre chose : ce mot dit tout, n'admet aucun commentaire, et n'a pas besoin d'explication. *T. P.* Vous avez des idées furieusement monarchiques. *T. M.* C'est que je suis payé pour savoir que ce sont les seules bonnes. *T. P.* Et votre monarchie tient beaucoup plus encore du despotisme. *T. M.* Votre gouvernement à vous touche à l'anarchie, c'est-à-dire à la domination de la canaille. J'aime mieux mon rôle que le vôtre. *T. P.* Enfin, si on ne s'écarte pas de la charte, ce sera la véritable et seule sauve - garde des Français. *T. M.* On ne s'en écartera pas, soyez tranquille. *T. P.* Le Roi y voit des devoirs à remplir comme tous les citoyens. *T. M.* Pas précisément ; mais enfin elle lui trace des obligations qu'il remplira sans doute, puisqu'il se les est imposées volontairement. Cependant je voudrais qu'il se tînt rigoureusement à cette charte, et qu'il n'allât pas au-delà. *T. P.* En quoi donc y va-t-il ? *T. M.* Ces acquéreurs de domaines nationaux. *T. P.* Vous leur en voulez furieusement. *T. M.* J'en conviens ; et croyez que tout en les ménageant et leur laissant ce qu'ils ont acquis pour le dixième de sa valeur, le Roi ne les aime ni ne les estime. *T. P.* A la bonne heure : ils feront comme Bartholo, qui se console de la perte de sa pupille en gardant son argent. *T. M.* Ah ! que je trouverais bien le moyen d'en atteindre une partie, sans déroger à la charte. *T. P.* Comment feriez-vous ? *T. M.* Le Roi leur a-t-il promis autre chose que la possession paisible de leurs acquisitions ? *T. P.* Non. *T. M.* Eh bien ! tout acquéreur de biens nationaux, pourvu d'un emploi quelconque dans l'administration du royaume, serait destitué et déclaré incapable d'en exercer aucun. *T. P.*

D *

Diable ! ce serait un véritable coup *de jarnac*. *T. M.* Oui ; et en donnant leurs places à ceux qu'ils ont dépouillés, c'est une sorte de dédommagement que la charte ne prohibe pas, et que la justice commande. *T. P.* Je ne puis en disconvenir. Cependant, combien de petits bourgeois, de paysans, d'hommes obscurs, de gens enfin qui ne sont rien et ne sont bons à rien, que votre mesure n'atteindrait pas ! *T. M.* Patience ; elle atteindrait qui elle pourrait. Le Roi tiendrait ses engagemens avec eux ; vous n'exigez pas qu'il fasse davantage. *T. P.* Oh ! je passe condamnation ; mais ce qui me rassure pour cette masse d'enrichis à si bon marché, c'est que votre plan ne sera pas mis à exécution. *T. M.* Que sait-on ? Il est toujours bon de le faire connaître : nous avons des ministres très-capables de l'apprécier : il ne faut qu'un bon moment. Puisque nous en sommes venus aux épurations, celle-ci est une des plus nécessaires, et incontestablement la plus juste. *T. P.* Ce qui me fâche, c'est que je suis forcé de convenir que rigoureusement parlant, vous avez raison. *T. M.* L'aveu vous coûte tant que je vous en sais réellement très-bon gré.

T. P. Avec les légions, le Roi aura bientôt une armée. *T. M.* Bientôt, cela n'est pas sûr ; les recrutemens vont lentement dans beaucoup de départemens , et lorsque ces légions seront complètes, il faudra les amalgamer les unes avec les autres , pour que chacune ne soit pas composée d'individus d'un seul département. *T. P.* Quel mal y aurait-il ? *T. M.* Celui de mettre en deuil tout un département , si sa légion se trouvait écrasée dans une action , ou de le vouer en entier à la honte et au mépris de toute la France , si sa légion se comportait mal. *T. P.* Vous pouvez avoir raison. *T. M.* On assure que les licenciés de l'armée de la Loire ne sont point admis dans ces légions : c'est déjà d'un bon augure. *T. P.* Ils sont bien revenus de leurs erreurs. *T. M.* Oui ; comme nous en avons vu la preuve dans des corps qui n'ont pas voulu être licenciés, et qui ont méconnu les ordres du ministre. *T. P.* Décidément, vous voulez que ces braves ne fassent plus rien. *T. M.* Si fait ; mais je ne veux plus qu'ils se battent : ils doivent en avoir assez. *T. P.* Vous voyez que non. *T. M.* Le Roi en a assez , cela suffit : quand le traitement de ces officiers serait destiné à salarier les émigrés, dont la plus grande partie n'a rien , même ayant été faits maréchaux-de-camp en 1814, ce n'en serait que mieux. *T. P.* N'y a-t-il pas une commission pour scruter la conduite des officiers qui ont servi l'usurpateur depuis son retour? *T. M.* Oui; elle déplaît même fort à ces Messieurs, qui n'ayant pas appris à dissimuler leur opinion, en conviennent naïvement. Beaucoup d'entr'eux redoutent le grand jour; cependant cette loi porte le caractère d'indulgence et de bonté qui n'abandonne jamais Louis XVIII. Dans la division des officiers en quatorze classes, beaucoup se trouvent placés plus favorablement qu'ils n'auraient osé l'espérer, et sont encore regardés comme capables d'entrer au service du Roi, lorsqu'ils auraient pu en toute justice et sans le moindre scrupule en être à jamais rejetés : mais ce n'est pas seulement l'indulgence que réclament et qu'exigent même ces Messieurs. C'est une impunité absolue, et la faculté de recommencer, si l'occasion se présente encore, ce qu'on aurait dû les mettre dans l'impossibilité de faire deux fois dans leur vie. *T. P.* Oh ! ils ne recommenceront plus. *T. M.* Je l'espère, sans leur avoir la moindre obligation : on ne saurait trop répéter que l'excès de l'indulgence peut aliéner les *bons*, et ne ramène jamais un seul des *méchans :* ainsi, cet excès est injuste en principe, et impolitique dans le fait. Vérité éternelle qui devrait être sans cesse présente aux chefs de tous les gouvernemens, et qu'ils se repentiront tôt ou tard d'avoir méconnue.

T. P. On s'occupe aussi d'épurations pour les administrations : les employés doivent obtenir des certificats de royalisme, pour être maintenus. *T. M.* Cette mesure, bonne en elle-même, pêche par l'exécution. On sait comment se donnent ces signatures : le premier signe par complaisance et les autres de confiance. Il faudrait dans chaque arrondissement une commission de quatre citoyens probes, estimés et connus par leur attachement pour le Roi : cette commission accorderait les certificats de royalisme, et ce serait avec connaissance de cause ; car il ne faut pas se dissimuler que les trois quarts des employés du royaume devraient en bonne justice faire place à d'autres : je ne parle pas seulement des subalternes des départemens ; il existe dans des administrations très-importantes de la capitale, un grand nombre de sujets plus que douteux, attachés à l'usurpateur ; or, comme il est reconnu que partout les bureaux font la plus grande partie de la besogne, au moins de celle de détail, rien ne leur est plus facile que de paralyser (sans que cela paraisse) les bonnes intentions d'un ministre qui ne peut pas tout voir par lui-même. *T. P.* On y viendra peu à peu. *T. M.* C'est bien lent : on conserve toujours une sorte de ménagement pour ceux-mêmes qu'on renvoie ; on ne dit pas dans les gazettes *M. un tel* destitué, mais démissionnaire, de peur de faire tort à ce brave homme : c'est aussi trop bête. Croiriez-vous que dans des bureaux de ministères, d'insolens commis ricanent, chuchotent, se moquent de celui qui leur dit qu'il est allé à Gand, qu'il a suivi le Roi? *T. P.* C'est un peu fort. *T. M.* Soyez-en sûr : pourquoi ces impertinences-là sont-elles ignorées ou excusées par ceux qui devraient les punir? Ce n'est pas que je prétende convenir que cette course à Gand doit passer avant vingt-cinq ans de malheurs et de dévouement à la cause du Roi, comme quelques personnes voudraient le faire accroire. Ces derniers ont encore mieux mérité de leur Prince, et d'aussi longs services ne sauraient être effacés par une campagne quelconque, qui n'a duré que quatre mois. *T. P.* Cela est juste.

T. M. Ce qui me divertit, c'est la quantité de plaintes en calomnie qu'on voit depuis quelque temps. *T. P.* Il est vrai qu'elles sont très-communes. *T. M.* Vous n'avez pas remarqué que ceux qui se plaignent sont presque toujours des gens qu'il est impossible de calomnier, et qui

ont le désagrément de voir les tribunaux consa-
crer ces prétendues calomnies pour de cruelles
vérités. *T. P.* C'est que rien n'est plus difficile à
prouver que la calomnie. *T. M.* Oui : lorsque
par exemple elle signalera tel jacobin forcené
pour un escroc, un menteur, un assassin : mais
si elle s'attaquait à des hommes dont la réputation fût établie en sens inverse, vous verriez les
calomniateurs confondus. *T. P.* C'est possible.
T. M. Lorsque je vous ai prédit il y a quelque
temps, que ce membre de l'institut qu'on a plai-
samment nommé le colonel des cosaques littéraires, se contenterait de faire part au public
de son projet d'attaquer en calomnie je ne sais
quel journaliste, et qu'il n'en ferait rien, me
suis-je trompé? *T. P.* Il aura reconnu que la
chose n'en valait pas la peine. *T. M.* Elle valait
encore moins la peine de nous dire d'avance,
dans tous les journaux, ce qu'il comptait faire
ou plutôt ne pas faire. *T. P.* Il ne faut pas
croire que la calomnie n'existe jamais, parce
qu'on ne la prouve pas. *T. M.* Je le veux
bien; mais j'ai rencontré dans ma vie beaucoup
d'incorrigibles, qui sont au-dessus de toutes
les calomnies. *T. P.* Il existe beaucoup de gens
que vos beaux discours ne feront pas revenir sur
leurs pas, ni changer d'opinion. *T. M.* Je le

sais, car j'ai connu des conventionnels qui, loin de gémir éternellement sur eux-mêmes, d'avoir condamné leur roi, disaient publiquement (et sans qu'on le leur demandât) qu'ils n'avaient fait que leur devoir, et que si c'était à recommencer, ils agiraient encore de même. N'ai-je pas rencontré un conseiller d'état de Bopaparte, auparavant préfet, qui disait en public (toujours sans être interpellé) que si le duc d'Enghien avait paru dans son département, il l'aurait fait arrêter et plutôt traduit à Paris lui-même, de peur qu'il n'échappât, quoique sachant le sort qui l'attendait? Croiriez-vous que des êtres pareils soient aisés à calomnier ? *T. P.* Il est vrai que pour faire des aveux de ce genre, sans y être forcé sous peine de mort, il faut avoir, comme on dit, *bu toute honte.* *T. M.* On peut hardiment leur donner le nom de *bêtes enragées.* Vous voulez que de tels misérables se rangent jamais franchement du côté du Roi? Cela est impossible. *T. P.* Il faut pourtant bien les garder en France. *T. M.* Je n'en vois pas la nécessité ; mais, au reste, ils sont toujours assurés de trouver des asiles pour y manger paisiblement ce qu'ils ont volé pendant plus ou moins d'années d'administration, et qu'on leur laisse emporter, au lieu de les en dépouiller pour satisfaire en partie aux demandes exorbitantes des souverains alliés, et diminuer d'autant les charges des bons Français, ainsi que ces souverains le désiraient, et l'ont inutilement proposé. *T. P.* Louis XVIII s'est fait une loi de ne toucher en rien à ces richesses, bien ou mal acquises. *T. M.* On est forcé d'admirer son excessive bonté, tout en gémissant de la voir s'exercer sur des individus qui en sont aussi indignes ; qui, nés pour végéter obscurément toute leur vie, après s'être gorgés d'or par les voies les plus honteuses, les exactions les plus criminelles, jouissent tranquillement du fruit de leurs crimes, en font trophée, écrasent impunément ceux qu'ils ont dépouillés. *T. P.* Ils ont été forcés de quitter la France. *T. M.* Pas tous assurément, et d'ailleurs est-il une patrie pour ces hommes-là ! leur argent les fait accueillir partout ; et ils ont le bonheur de vivre au milieu de gens qui ne les connaissent que très-imparfaitement, avantage inappréciable pour celui qui ne pourrait dérouler le tableau de sa vie, sans mourir de honte (si on en mourait) et sans se rendre un effrayant objet d'horreur et de mépris. *T. P.* On m'a assuré qu'un grand nombre d'artistes quittait la France pour aller s'établir en différens pays de

l'Europe et en Amérique. *T. M.* Cela est vrai,
même des fameux : ces individus, gâtés par un
public sot et ignare, pétris d'amour-propre,
et jacobins par principes, se rendent justice en
renonçant à vivre sous un gouvernement pater-
nel qui n'est pas fait pour eux. La France se
consolera de ne plus compter parmi ses citoyens
quelques peintres, sculpteurs et musiciens qui
seront bientôt remplacés, et encore plus promptement oubliés.

T. P. A propos, qu'avez-vous dit du renvoi
de Fouché du ministère? Il a dû bien vous sur-
prendre. *T. M.* Moi, pas du tout. *T. P.* Quel
homme ! rien ne l'étonne. *T. M.* Si fait ; de l'y
avoir vu entrer. *T. P.* Que voulez-vous ? On
espérait qu'il saurait quelque gré de la violence qu'il avait fallu se faire pour le nommer.
T. M. Oui ; on a voulu le mettre à l'épreuve ;
est-ce qu'on éprouve ces gens-là ? le voilà en-
voyé en Saxe, où sans doute le cousin germain
de Louis XVI l'aura accueilli avec une vive
satisfaction : mais depuis quelques années, ce
prince est abreuvé de tant de désagrémens de
tout genre, qu'il sentira moins vivement celui-
ci. *T. P.* Il faut convenir qu'on était imbu généralement de l'idée que cet ex-ministre seul
pouvait administrer la police de l'Etat. *T. M.*

C'était faire une bien sanglante satyre de la nation française, que de penser qu'il ne pût exister dans son sein un homme capable de conduire cette administration. En supposant même que le duc d'Otrante fût supérieur à tous (ce qui est loin de m'être démontré), si les motifs pour l'éloigner à jamais de tout emploi dans le gouvernement, étaient plus puissans que ceux qui l'y appelaient, et je ne crois pas la chose douteuse, il fallait le regarder comme mort, agir en conséquence, et confier la police à l'administrateur qui aurait été jugé le plus capable après lui. *T. P.* On l'a congédié; qu'avez-vous à dire? *T. M.* Qu'il valait mieux ne pas le prendre, que d'être forcé de le renvoyer. *T. P.* Cependant, malgré tout ce que vous en dites, une demoiselle de grande naissance a consenti à prendre son nom. *T. M.* Voulez-vous entamer le chapitre des alliances extraordinaires? Nous en trouverons qui le sont encore plus que celle-là; parce que le partage de 5oo mille livres de rente, peut aveugler quelqu'un qui n'en a pas la centième partie, au lieu que celui que rien au monde ne saurait tenter, a besoin de raisons bien puissantes pour se prêter à de pareils arrangemens. Si nous voulons prendre la peine de compter, nous trouverons quatre dames *un peu plus* considérables que la duchesse d'Otrante, qui, aujourd'hui se consoleraient de n'avoir pas changé de nom. *T. P.* Mais, en vérité, qui pouvait prévoir une subversion, une catastrophe aussi générales ? *T. M.* C'était un chapelet; le premier grain défilant, tous défilaient; et à quoi tenait ce premier grain : vous l'avez vu.

Pour en revenir à Fouché, vous souvenez-vous qu'un jour en parlant des jésuites, que d'après les notions des cabarets et des antichambres, vous regardiez comme une compagnie de régicides, je vous répondis que les vrais régicides étaient les jansénistes, secte de faux dévots qui, pendant les horreurs de la révolution, ont peuplé les comités et les tribunaux : y avez-vous rencontré beaucoup d'ex-jésuites ? *T. P.* Non, je l'avoue. *T. M.* L'ex-ministre sort de cette bonne école, et aujourd'hui les partisans de Napoléon, qui ont l'air de croire en Dieu, sont jansénistes ; car le plus grand nombre se pique de n'avoir ni foi ni loi : c'est l'éducation à la mode depuis bien des années ; perfectionnée par une guerre continuelle, elle a produit une génération franchement convaincue que l'homme qui sait se battre, en sait assez. *T. P.* Il faut espérer que tout cela changera. *T. M.* Oui, sans doute ; mais vous verrez

long-temps encore des regrets produits par un
sot orgueil, déçu à jamais. *T. P.* Comment ?
T. M. Beaucoup de gens du peuple regrettent
Bonaparte, parce que, disent-ils, on ne saura
plus à présent que faire de ses enfans, au lieu
qu'on étoit assuré de s'en voir débarrasser à
dix-huit ou dix-neuf ans, et ne plus en avoir la
charge. *T. P.* Mais c'était ordinairement pour
ne plus les revoir. *T. M.* N'importe ; ce propos
atroce a été tenu bien des fois, quelque extraordinaire qu'il paraisse : il donne la mesure
des sentimens du peuple, de son vil égoïsme ;
et l'on voudrait que d'aussi méprisables individus sentissent le prix d'un gouvernement pater-
nel ! cela n'est pas possible : il faut les y atta-
cher par la force, et ne jamais compter sur une
adhésion franche et volontaire. *T. P.* Il n'y a pas
d'orgueil là-dedans. *T. M.* Voici où il y en a
et ce qui contribue fortement à ces honteux regrets que l'on professe encore pour le Corse. Le
petit bourgeois, le petit avocat, le marchand,
l'ouvrier même, tous avaient l'espoir de voir un
jour leurs enfans ou leurs parens, barons,
comtes, généraux : pensez-vous qu'on renonce
facilement à une aussi agréable perspective ?
T. P. Ils auront le même espoir aujourd'hui,
puisque tous les Français sont également appe-

lés à occuper les places. *T. M.* Être appelé à les occuper, n'est pas dire qu'ils les occuperont. Dans peu d'années, on reviendra au point d'où l'on est parti : chacun restera à sa place ; le fils du bourgeois sera bourgeois , le fils de l'avocat sera avocat, le fils du savetier sera savetier, et tout n'en ira que mieux. L'état militaire , qui, sous Bonaparte, ouvrait la porte à toutes les fortunes extraordinaires, n'emploiera plus huit cent mille hommes , et l'armée sera composée comme elle devra l'être. *T. P.* Ah ! je vous vois venir ; il ne faudrait, comme autrefois, que des officiers nobles. *T. M.* D'abord, ce n'en serait que mieux ; mais il n'y a plus de noblesse , ainsi c'est impossible ; au moins pour le moment. *T. P.* Vous n'avez pas oublié que quelques années avant la révolution, il parut une ordonnance qui soumettait les jeunes gens entrant au service à prouver quatre degrés de noblesse ; et que cette ordonnance fut généralement désapprouvée. *T. M.* Intrinsèquement , elle était bonne , et le public eut raison de la blâmer. *T. P.* Comment arrangez-vous cela ? *T. M.* Il ne fallait pas d'ordonnance ; sa publicité devait nécessairement indisposer les autres classes de la société , qui, sans songer que presque toutes les places dans les administrations

étaient

étaient pour elles, que la totalité de celles des finances leur appartenait exclusivement, voulaient aussi envahir les emplois militaires. Il fallait que les colonels eussent l'injonction secrète de n'admettre dans leurs corps que des nobles, de manière que la discussion n'ayant lieu qu'entr'eux et les familles des jeunes gens, elle n'aurait fait aucune sensation dans le public, dont la plus grande partie n'en aurait point eu connaissance ; car, selon l'usage, cette ordonnance a fait *clabauder* beaucoup de gens qui n'avaient aucune prétention à être militaires, mais qui trouvaient que cette distinction froissait leur amour propre. *T. P.* Je ne vois pas pourquoi vous voulez que les officiers soient nécessairement nobles : depuis vingt ans, les roturiers ont prouvé qu'ils savaient se battre aussi. *T. M.* Il est bien question de cela ; qui vous contredit ? Je veux que les officiers soient nobles, parce que les nobles ne peuvent pas être autre chose, et que presque tous les emplois civils sont dévolus aux autres classes. *T. P.* Pourquoi les nobles ne commercent-ils pas ? *T. M.* Parce qu'un préjugé trop invétéré s'y oppose, et quelque faux qu'il soit, il produit l'effet d'une prohibition absolue. *T. P.* Tant pis pour eux ; il n'est pas juste de priver l'Etat par un aussi misérable motif, de tant d'hommes utiles, pour n'employer que des sujets recommandables par leurs parchemins.

T. M. Je veux vous prouver que je ne suis pas le seul qui pense ainsi : vous avez entendu parler de Frédéric second, roi de Prusse. *T. P.* Certainement. *T. M.* Il en savait autant qu'un autre en administration, et dans tout ce qui tenait au militaire. *T. P.* Eh bien, que faisait-il ? *T. M.* Son principe était de ne point avoir dans ses régimens un certain nombre de places d'officiers, affectées à d'anciens soldats, comme en France, par exemple, où nous avions six officiers *dits* de fortune par régiment d'infanterie, et proportionnellement dans les régimens à cheval. *T. P.* Il avait un motif, sans doute. *T. M.* Le voici : il voulait des officiers nobles, ou, au moins, de familles très-connues, parce que s'ils se conduisaient mal dans une occasion importante, tout ce qui tenait à eux, se trouvait plus ou moins entaché de sa faute : cette crainte le retenait ; et s'il succombait, c'était un homme perdu, qui n'avait plus d'asile et ne pouvait plus se montrer. Supposons à sa place un ancien soldat devenu officier parce qu'il a vaqué dans son corps un des emplois qui leur étaient destinés. Son rang l'appelle à commander dans un poste im-

portant ; il le rend sans coup férir ; il se désho-
nore : eh bien, il retourne dans son village, où
son obscurité le met à couvert de toutes les
suites : ses parens n'en labourent pas moins la
terre ; et lui, prend un métier quelconque et
oublie qu'il a servi, pendant que le seul soup-
çon d'une lâcheté est une tache ineffaçable pour
le gentilhomme. *T. P.* Cependant, il y a dans
les armées prussiennes, des officiers qui ont été
soldats. *T. M.* Ils le sont devenus pour des ac-
tions ; alors, il n'y a plus de règles à observer :
mais ils ne l'ont pas été par la vacance d'un emploi dévolu de droit à un bas officier. *T. P.* Je
ne sais si Frédéric avait pris là un bon parti.
T. M. On peut au moins suspendre son juge-
ment, lorsqu'un homme comme lui avait adopté
un pareil principe. Si tous les officiers de l'armée,
en mars dernier, avaient été gentilshommes,
croyez-vous qu'il s'y serait trouvé autant de
parjures à leur serment ? là, répondez franchement. *T. P.* La Bédoyère était noble. *T. M.* Ney
ne l'était pas ; voulez-vous continuer le parallèle ?
Nous verrons à la fin si l'avantage demeurera aux
roturiers. *T. P.* Oh! parbleu, ils sont aussi braves que les nobles, je ne m'en dédis pas. *T. M.*
Allez vous promener ; vous éludez la question,
parce que vous n'avez rien de bon à répondre.

E*

Je sais que tous les grenadiers sont aussi braves que leur capitaine. En général, les Français le sont, militaires ou non : ils l'ont prouvé pendant la *terreur;* mais leur courage a été bien mal employé : s'ils avaient mis à se défendre celui qu'ils ont mis à mourir , elle n'aurait pas duré quinze mois. Je vous répète pour la dixième fois qu'il n'est pas question ici de bravoure, qui ne tient pas lieu de toutes les qualités , comme vous avez l'air de le croire avec un tas d'imbécilles. Le fameux la Tour-d'Auvergne, s'il eût violé son serment et trahi son Roi volontairement, sans violence, sans voies de fait de la part de l'usurpateur, ou de ses agens, bien prouvées (et encore eût-il été très-coupable), n'en aurait pas moins été , malgré sa rare intrépidité , digne du dernier supplice. Ce crime n'admet ni excuse, ni explication, ni commentaire ; il est impardonnable. *T. P.* Oh! quand vous avez chaussé une idée dans votre tête, le diable ne vous l'ôterait pas. *T. M.* Il est vrai que le diable ne m'ôtera pas celle-là , je vous en réponds. *T. P.* Ce n'est pas que je la trouve fausse dans le fond ; seulement j'admets qu'il peut y avoir des raisons *atténuantes. T. M.* Oui, comme pour les jurés ; moi, je n'en admets point. *T. P.* Vous avez des principes un peu trop sévères pour la pauvre humanité, qui est si fragile qu'elle mérite quelque indulgence. *T. M.* Osez-vous parler continuellement d'indulgence, en pensant à ce que nous coûtent ceux qui ont ramené le Corse ? Si on ne jugeait que les effets, un seul obtiendrait-il sa grâce ? *T. P.* Votre argument est embarrassant. *T. M.* Les factieux tirent parti de tout : la proposition d'amnistie qui a suivi *trop* immédiatement la condamnation du maréchal Ney, leur fait dire que le gouvernement les craint, les ménage, et que c'est là une espèce d'amende honorable pour avoir *osé* punir un grand coupable. *T. P.* A la bonne heure ; mais vous êtes exagéré : souvent vous allez trop loin ; par exemple, vous ne vouliez pas l'autre jour que la constitution de l'Etat assimilât en tout les protestans aux catholiques. *T. M.* Je ne le veux pas plus aujourd'hui. *T. P.* Il est impossible que vous ayiez de bonnes raisons pour appuyer une opinion aussi peu philantropique. *T. M.* Je n'espère pas vous convaincre : seulement je vais essayer. *T. P.* Voyons.

T. M. Vous regardez certainement la révocation de l'édit de Nantes, comme une grande faute de Louis XIV. *T. P.* Ce n'est plus un problème. *T. M.* Pour vous peut-être ; quant à moi, je suis toujours lent à prononcer sur des -

actes de cette importance, lorsqu'ils ont été mûris, discutés et enfin consommés par un grand Roi et d'habiles ministres. *T. P.* Au moins conviendrez-vous que les suites de cette opération ont été funestes pour la France, par la quantité d'hommes instruits, d'artistes, d'ouvriers dont elle l'a privée à jamais. *T. M.* Cela, j'en conviens, sans prononcer sur la validité des motifs qui l'ont déterminée. Mais cette faute politique, en la supposant telle, n'était plus réparable après un siècle, et le gouvernement français en a commis en 1789 une bien plus grave, en voulant ou en croyant la réparer. *T. P.* Il n'est jamais trop tard pour se repentir. *T. M.* Non, pour des particuliers qui font une action estimable, en reconnaissant leurs torts; mais les gouvernemens ne se repentent pas. Les idées philosophiques, dites aujourd'hui libérales, germaient dans toutes les têtes en 1789 ; les droits de l'homme étaient la base de toute législation, et conséquemment il répugnait à la dignité de l'être par excellence qu'une partie de la nation fût privée des avantages dont jouissait l'autre, par la seule raison de la différence des cultes. *T. P.* C'était bien fait pour cela; quelle humiliante distinction ! *T. M.* Oui. Qu'est-il arrivé? qu'en assimilant les protestans aux ca-

tholiques; qu'en les admettant à toutes les charges, dont jusqu'alors ils avaient été exclus, on
leur a donné une force dont ils ont étrangement
abusé. La révocation de l'édit de Nantes était
toujours présente à leur pensée, et ils se sont
vengés sur Louis XVI de la faute de Louis XIV.
T. P. C'est un malheur. *T. M.* Un malheur qu'il
fallait prévoir. Les protestans n'étaient point
malheureux en France, et ce qui le démontre,
c'est que malgré ces distinctions que vous nom-
mez humiliantes, ils y restaient au nombre de
près de deux millions. La constitution de l'Etat
ayant maintenu jusqu'alors cette différence entre leur religion et la religion catholique comme
dominante, il n'y avait plus rien d'humiliant.
Le gouvernement devait connaître le danger de
fournir à cette masse d'hommes, encore ulcérés
de l'édit de Louis XIV, des armes contre lui;
ne l'ayant pas connu, il a été la victime de cet
aveuglement inexcusable. *T. P.* Pourquoi se
priver volontairement des lumières de deux millions d'hommes ? *T. M.* Parce qu'il y en a assez
dans les vingt autres millions, pour n'avoir pas
recours à eux. Cet acte de bonté, ou plutôt de
faiblesse, n'a pas rappelé en France un seul des-
cendant des émigrés du dix-septième siècle; il
n'a pas changé l'opinion d'un seul protestant

français; tous n'en sont pas moins demeurés les ennemis de la monarchie, et des catholiques avec lesquels ils ne seront jamais franchement d'accord. On a donc ouvert gratuitement la porte à des divisions intestines que la prudence faisait une loi d'éviter pour toujours. *T. P.* Cela s'arrangera avec le temps. *T. M.* Comptez-y : le temps fait beaucoup à des gens qui, après cent ans révolus, se vengent sur la quatrième géné-ration des torts de la première. Voyez les An-glais ; le parlement écoute-t-il les nombreuses requêtes des catholiques irlandais ? *T. P.* Ce n'est pas une autorité sans réplique. *T. M.* Elle suffit, au moins, pour prouver que je ne suis pas le seul qui pense qu'un gouvernement juste et sage, doit protéger tous les sujets quel que soit leur culte, et maintenir une distinction *très-marquée* entre la religion de l'Etat et toutes les autres, qu'il ne doit pas salarier aux dépens des ministres du culte dominant. *T. P.* Je suis loin d'être convaincu.

T. M. Vous n'avez jamais réfléchi qu'en assi-milant les protestans aux catholiques, il a fallu aussi, toujours par la raison des droits de l'homme, assimiler les juifs ? Trouvez-vous que ce soit là une excellente acquisition ? *T. P.* Ne sont-ils pas des hommes comme nous ? *T. M.* Si

fait : mais à quoi sont-ils bons? On a prétendu
que l'état d'abjection, d'abrutissement où ils vi-
vaient, influait sur leur conduite morale, et
que rendus à l'état de citoyens, ils seraient en
tout comme les autres. Depuis vingt-cinq ans
qu'ils jouissent de ces droits de citoyens, quel
changement s'est-il opéré en eux? Ont-ils cessé de
ruiner les petits bourgeois et les paysans de la
Lorraine et de l'Alsace? En avez-vous vu se
distinguer comme militaires? *T. P.* Non.
T. M. Comme administrateurs? *T. P.* Non.
T. M. Comme littérateurs? *T. P.* Non. *T. M.*
C'est-à-dire que vous ne les avez vus se distinguer
que comme d'avides usuriers, comme des êtres
mus uniquement par le plus sordide intérêt, sa-
crifier tous les devoirs de la société, employer
les voies les plus honteuses pour amasser de
l'argent. Cette race (qui, au reste, est la même
en tout pays, même par la figure) n'est bonne,
comme dit un proverbe trivial, *ni à rôtir, ni
à bouillir ;* et j'approuve très-fort les gouvernemens qui ne les tolèrent pas chez eux. *T. P.* Je
ne vois pas qu'un juif soit si différent d'un autre
homme. *T. M.* Physiquement, il ressemble beaucoup au protestant et au catholique. C'est mo-
ralement qu'il en diffère, et je suis persuadé
que vous verriez avec peine les emplois de gé-

néraux, d'administrateurs, de juges occupés par des juifs. *T. P.* Cela me serait fort égal, s'ils étaient capables de les exercer. *T. M.* En conséquence, les nègres, qui bien certainement sont aussi des hommes, n'y seraient pas déplacés non plus. *T. P.* Ah! c'est une autre chose. *T. M.* Que devient votre philantropie ; et ces droits de l'homme, vous n'y pensez donc plus? *T. P.* Les nègres ; il y a là quelque chose qui repousse. *T. M.* Serait-ce la couleur? elle est indifférente: je trouve, moi, qu'un tribunal ou une administration, composés en totalité de beaux noirs avec des dents bien blanches, auraient fort bon air.

T. P. Vous plaisantez ; voilà cependant l'abolition de la traite consacrée par le traité de paix. *T. M.* Oui, comme réprouvée par la religion et par la morale, deux choses qui sont toujours consultées en politique, comme vous savez. *T. P.* Cette fois-ci, elles l'ont été. *T. M.* Bon homme! je ne vous souhaiterais que mille francs de rente, pour chaque bâtiment négrier qui s'expédiera d'ici à dix ans. *T. P.* Comment voulez-vous qu'il s'en expédie, si les grandes puissances se sont engagées à ne plus faire cet infame commerce ? *T. M.* Ce seront apparemment celles qui ne se sont engagées à rien qui le feront. Il est aussi impossible d'abolir entièrement la traite, qu'il l'était à Bonaparte de fermer aux Anglais tous les ports du monde, et qu'il l'est aux gouvernemens européens de détruire à jamais les pirateries des Barbaresques. *T. P.* Quoi! s'ils s'entendaient tous, on n'en viendrait pas à bout? *T. M.* Pardonnez-moi; ce qui est impossible, c'est l'accord entre eux. *T. P.* Je n'en conçois pas la raison. *T. M.* Pauvre politique! les grandes puissances n'ayant rien à craindre de ces pirates, soit parce qu'elles leur paient un léger tribut, soit parce qu'on redoute leur vengeance, voient avec plaisir les petits souverains en guerre avec les Barbaresques, parce que leur commerce étant nécessairement entravé, tantôt pour l'un, tantôt pour l'autre, elles font ce qu'ils auraient fait, et gagnent d'autant. *T. P.* C'est bien honteux pour les grandes puissances maritimes. *T. M.* En politique, rien n'est honteux, lorsqu'on gagne un écu. *T. P.* Belle maxime! *T. M.* Belle, non, mais bien vraie. Souvenez-vous de l'expédition gigantesque, en 1784, des Espagnols contre Alger, et de son peu de succès; le Dey, lorsqu'il apprit ce qu'avait coûté cette entreprise inutile, dit: que si le Roi d'Espagne avait voulu lui donner la moitié de ce qu'il avait dépensé pour bombarder sa capitale, il y aurait mis lui-même le feu. Vous voyez ce qu'il y a à gagner avec de pareils ennemis. La grande croisade qui vient de se former à Rome, contre les Barbaresques, aura le même succès. *T. P.* Qui le sait ? *T. M.* Vous le verrez.

Pour en revenir aux nègres, leurs amis devraient ne pas s'appitoyer autant sur ceux des colonies, et s'appitoyer un peu plus sur ceux qui restent en Afrique. *T. P.* Quoi ! vous plaignez les noirs qui ne sortent pas de chez eux. *T. M.* Oui, parce qu'ils y sont aussi esclaves et plus malheureux qu'aux îles. Continuez là traite, pour faire cultiver vos habitations, et ne pas devenir forcément dans peu d'années tributaires des possessions anglaises dans l'Inde; car c'est là l'unique but de nos *bons voisins.* Adoucissez le code noir, qui est d'une sévérité révoltante ; ne surchargez pas vos nègres de travail ; donnez-leur de petites propriétés ; ne les frappez que pour des fautes graves ; surveillez vos agens ; ne leur permettez rien d'arbitraire contre les noirs ; traitez ceux-ci en hommes ; en un mot, rendez-les aussi heureux qu'il vous sera possible ; ils s'attacheront à vous, et béniront le jour qui les aura vus enlever de leur pays. *T. P.* L'esclavage est une terrible chose. *T. M.* Chez eux, ils sont en butte aux cruels caprices de leurs rois, ou chefs; et par dessus le marché, ils meurent de faim et de misère : au lieu qu'un maître est intéressé à les soigner, à les conserver. Il en est de l'esclavage comme du despotisme : les sujets d'un despote peuvent n'être pas à plaindre, s'il est humain, généreux; de même l'esclavage n'entraîne pas forcément le malheur des individus : tout dépend des maîtres. En Russie, les paysans sont serfs. Ceux qui appartiennent à la couronne, ou à des particuliers assez riches pour n'avoir pas besoin de les pressurer, ne sont point malheureux. J'ai vu des serfs, à longue barbe, des *mougiks*, posséder 100 et 150 mille roubles, donner à dîner à leurs convives sur de la vaisselle plate : y a-t-il en France beaucoup de paysans jouissant d'une liberté entière, qui pussent en faire autant ? *T. P.* Soit ; mais la dignité de l'homme. . . . . *T. M.* Toujours de grands mots bien ronflans et bien insignifians : l'homme libre qui meurt de faim est beaucoup plus à plaindre que l'esclave qui a tout hors la liberté. *T. P.* Cela est certain.

T. M. Je vous laisse : voici la dernière conversation que nous aurons ensemble, au moins de long-temps. *T. P.* Pourquoi donc ? *T. M.* Je vais incessamment partir pour l'autre monde.

T. P. Comment ! vous allez vous jeter dans la rivière ? *T. M.* Non ; je vais me jeter dans un vaisseau à Bordeaux, pour passer à la Martinique, où des affaires me retiendront deux ou trois ans. *T. P.* A votre retour, j'espère que vous trouverez la France délivrée de ses *bons amis*, libre et heureuse. *T. M.* Je ne m'en flatte pas : l'intervalle sera trop court ; mais nous la reverrons un jour ce qu'elle n'aurait jamais dû cesser d'être. Puisqu'elle a résisté à des secousses inouïes dans l'histoire des nations, qui auraient anéanti tous les états de l'Europe, sans exception, ses preuves sont faites : elle reprendra sa prépondérance et le rang qui lui appartient. *T. P.* Oh ! je n'en doute pas. *T. M.* Les Français se glorifieront encore de l'être, sans encourir le reproche de présomption. *T. P.* Ne nous souvenons des vingt-cinq années qui viennent de s'écouler, que pour profiter des cruelles leçons que nous avons reçues. *T. M.* Dieu le veuille ! Mon cher, vous me pardonnez bien toutes mes mauvaises plaisanteries, depuis que nous causons ensemble? *T. P.* De tout mon cœur ; je vous souhaite une heureuse traversée, un plein succès dans vos entreprises, et un prompt retour, pour que nous puissions encore un peu nous chamailler. *T. M.* Puisque vous le voulez , je n'y renonce pas : je vous donnerai de mes nouvelles à mon arrivée par le retour de mon bâtiment. *T. P.* Volontiers. Adieu.

FIN.